海边理发店

〔日〕荻原浩 著

曹逸冰 译

南海出版公司

新经典文化股份有限公司
www.readinglife.com
出　品

目 录

海边理发店

十五年前，我把店搬到了这里。

常有人问我，为什么要把店开在这种地方？可我很喜欢这里。整家店一个人就能上上下下打点好，不必让客人多等。我理想中的店就应该是这个样子。更何况……您瞧瞧这面镜子，初次光临的客人都会喜欢上它。放置镜子的位置，还有它的尺寸，都是我精心设计过的。

那家理发店位于一座海边小镇上。先坐电车，到站后再换乘公交车，沿着穿过山脚往远处延伸的海边公路一路向前。几站后下车，继续朝公交车的行进方向走几分钟，便能看到右手边靠近山的那一侧由红、蓝、白三色构成的灯柱，正如打电话预约时店主跟我说的那样。

沿着铺有枕木的斜坡爬五六级，就是店门口了。映入眼帘的是一座过时的西式小屋。我看不到任何写着店名的东西。店门是木头做的，上半截镶了一块玻璃。门上挂着一块小小的牌子，上面写着“营业中”三个字。

店主大概是把没人住的民宅改成了店铺。没有鲜花的院子里，立着一架被人遗忘的秋千，支架和锁链上都布满了红色的锈迹。棕榈树立在门的两侧，就像看门的卫兵。

我明明是去理发的，却对着玻璃映出的影子理了理凌乱的头发。然后，我扣上羽绒服的第二颗扣子，轻舒一口气，伸手握住门把。感应门铃发出婴儿玩具般的声响。

店内的景象却和陈旧的外观形成鲜明的对比，精致整洁，井然有序。白色的浮雕墙纸看起来像刚刚洗好、还没来得及熨烫的床单。擦得锃亮的深棕色地板分外光滑，在上面溜冰都不成问题。药剂容器的标签整整齐齐地朝着一个方向，像一群被追求完美的导演安排好站位的话剧演员。

店主站在理发椅旁边，乍一看就像椅子的附属品。他可能算准了我的预约时间，早在我到达前就站在那里了。他的头发剃得很短，明显有不少白发，却没有染。也许他不太关心自己的发型。年纪一把了，后背倒挺得笔直。

我刚在椅子上坐好，他就给我套上了白色的罩衣。让别人给自己穿衣服，而且还是年长很多的人，我感觉仿佛瞬间变成了小孩子，有些惶恐。于是我想主动把手伸进袖子里，谁知店主的动作比我更快。他问，路还好找吧？我点了点头。然后他毫无预兆地说了起来：

“十五年前，我把店搬到了这里……”

您不是本地人吧？不，我就是凭感觉猜的。而且您的穿戴也很整齐。您是从哪边过来的？哎哟，那么远啊？劳驾您大老远跑到这种乡下地方来，真是不好意思。您是不是在那个什么“因特网”上查到这家店的？我对电脑啊，真是一窍不通，只是听人说过这家店在网上有点名气。我也没什么厉害的本事，只是干这行的时间比较长罢了。承蒙大家看得起，还有客人愿意大老远过来捧场，我当然是感恩都来不及啦。

店主嘴上这么说，可是在我看来，他其实有些为难。镜子里的他面带完美的微笑，让人无法想象他露出其他表情的模样。他的嘴唇两侧刻着深深的笑纹，但同样的笑纹并没有出现在眼角。

他往我的头发上喷了些温水，然后盖上一条热毛巾。

我有多久没有去理发店剪过头发了？高中毕业后，我想把发型弄得时髦些，于是不知不觉养成了去美发厅的习惯。原来常去的那家理发店的大叔，总想把我的头发剪成跟他一样的三七开。[①]

---

①日本的理发店和美发厅是不一样的。理发店的工作人员叫“理发师”，主要服务男性顾客。美发厅的工作人员叫“美发师”，主要服务女性顾客。需要考取的资格证也不同。

店主把热毛巾往我的头皮上压。好烫，我差点喊出来，但并没有觉得不舒服。对了，享受毛巾的热度渗进每个毛孔的感觉，不就是理发店的妙处吗？那是一种令人怀念的感触，一种被我遗忘已久的感触。

热毛巾散发出一丝微弱的生发水香味。这种香味也让我备感怀念。那是“大人”的味道，是成熟男人的味道。小时候，每次去理发店，我都会使劲闻这种味道，把它当成一种通往陌生世界的记号。

您想剪成什么样呢？像您这样的年轻人，平时应该很少进理发店吧？嗯，我当然能看出来，因为美发师的剪法跟我们不一样。您特意选择这家乡下理发店，是不是有什么特别的用意啊？

对不起，我不该瞎打听的。因为有很多客人会在痛下决心或是决定改变现状的时候，去一趟理发店。干这行的日子久了，我由衷地觉得，在遇到人生转折点的时候剪头发可不是女人的专利。男人也一样。

您放心，我不会给您剪那种老土的发型。有什么要求您尽管提就是了。

我不擅长向理发师提各种要求。“照现在的样子，剪短一些就行”——这句说惯了的话差点脱口而出。可是闻着那生发水的味道，我改变了主意。

来一趟有名的店不容易，于是我鼓起勇气问，您觉得我适合什么样的发型？可以拜托您拿主意吗？话音刚落，店主的眼角就浮现出了笑纹。

您能提这样的要求，我真是太高兴了。当理发师的都盼着能听到这句话。可这事还真不能我一个人说了算，我还是会跟您商量着剪的。

嗯……您的脸是瘦长型的，所以两侧留厚一点可能比较好。您平时用哪只眼睛比较多？右眼是吧？那发线也分到右边吧。因为别人看您的时候，视线会下意识地顺着发线的方向。如果对方的视线碰上您的主视眼，您的表情就会显得更有活力。

您是做什么工作的？您别怪我多事，我只是想知道您从事的是要和很多人打交道的工作，还是特别注重整洁感的，抑或是信誉至上的？怎么说呢，就是想了解一下您的工作性质。

我一直觉得，男士们应该根据自己的工作性质选择相应的发型。不能光看脸型和着装，工作其实也是选择发型的重要标准。这年头啊，运动员的发型越来越像夜店牛郎。您可能觉得我的思想特别古板吧。

平面设计师？啊，我懂了，就是设计书本、杂志这种东西对吧？

店主抓起一束刘海，用指尖轻抚一下。只见他微微点头，然后小心翼翼地把我的整个脑袋摸了一遍。他的动作如此轻柔，像在摸古董壶一般，摸着摸着，还不时歪一下脑袋。他应该是在检查我的发质和头骨的轮廓，可我总感觉在参加一场考试，他就是检验我有没有资格在这家店理发的考官。

我的发旋长在一个特别奇怪的地方。一摸到它，店主的手就停住了。之后，他又摆弄了一会儿我的头发，随即轻叹一声。他会对我说什么呢？我有些紧张。谁知从那双薄得仿佛一条皱纹的嘴唇间吐出的话，仅仅是关于新发型的几个选项与提议。

不等我开口回答，店主就“咔嚓”一声，动了一下不知何时拿在手上的剪刀，仿佛是要打断我的反驳。然后他用结案陈词般的口吻说道：“也不知道为什么……”

也不知道为什么，大多数人会特意要求理发师剪一个并不适合他们的发型。明明已经不年轻了，却想保持年轻时的发型。明明长得很凶，却想把自己弄成文弱书生的样子。我一个剪头发的，说这话可能有些不知天高地厚。但我觉得，我们理想中的自己和现实生活中的自己往往是不一样的，虽然我们都能透过镜子，看到自己的模样。

我回答，那就剪您最先提到的那种吧。无论接受店主的哪个提议，我的头发似乎都会被剪得短短的。

直到这一刻，我才怀着上手术台的心情，把进店后一直绷着的背靠在椅子上。照店主的说法，我会在一小时后见到陌生而真实的自己。

理发椅上装着头枕，也有脚垫，像温柔的臂弯一般将我环住。下沉的柔软身体与稳稳往上托的弹力在黑色的皮革中对抗，让人产生浮在水面般的错觉。

我的眼前是一面硕大的镜子。镜中映着海景。这家店所在的位置要比沿途的其他地方高出一截，所以窗外没有任何遮挡物。身后窗外的大海，就这样一览无余地映在了镜中。

秋日午后水蓝色的天空，深蓝色的大海，两种蓝色各占据半面镜子。除此之外，还飘浮着白云，好似未上任何颜色的留白。要是没有从右向左飞过画面的海鸟，这面镜子和裱过的一百号①风景画没什么两样。

您喜欢这面镜子吗？那就好好享受镜中的景色吧。有了它，客人们就会看着正前方，这样我用剪刀的时候也会更顺手一些。我们理发店有个规矩，客人一旦坐上理发椅，就不能再看书了。可是最近，好多人刚坐下就掏出手机开始摆弄。

---

①指画框的尺寸，一百号的画框长 162 厘米，宽 130 厘米。

店主用梳子用力拉起我后脑勺的头发，发根都绷紧了。只听见“咔嚓”一声，倒梳起来的头发被剪断，挣脱了梳子的束缚。我感觉到一丝痒痒的快感。先拉，再“咔嚓”。理发店的声响居然也和那些把脑袋当玻璃摆件处理的美发厅不一样。原来进理发店是一件这么享受的事？还是说，是因为这位店主技艺精湛？

我坐的这张椅子斜上方挂着一张裱了画框的奖状。它显得那么随意，仿佛是往墙上挂浮雕画时顺便挂上去的。把视线移到视野的尽头，还能隐隐看见置物架上的观叶植物后藏着奖杯。

据说当年有不少大牌明星和政经界大腕特别推崇店主的手艺。这一段段趣闻逸事，让店主一度成为世人议论的焦点。去年某位大明星去世的时候，他与理发店的不解之缘再度成为人们津津乐道的话题。还有杂志说，理发店的店主已经离开了东京，把店搬到了偏远的海边小镇。

我抱着试一试的心态打电话到店里约时间，却毫不费力地约到了想要的日子。我来的时候，店里并没有别的客人刚走的迹象。而我进来之后，也没有其他人出现。

工作忙吗，自由设计师？呵，您还这么年轻，就已经自立门户了？了不起。瞧您说的，每天忙得团团转，那就是成功的体现呀。无论做什么生意，头几个月都是最关键的。是成功还是失败，头几个月一过就知道了。哎呀，我都为您高兴。毕竟我也自己做了这么多年，特别有共鸣。

我觉得，工作这件事，说白了就是揣摩别人的心思。有时是揣摩客人的心思，有时是揣摩同事的心思。当理发师也好，在别的店里工作也好，做公司职员也好，这一点都是不变的。

我这可不是倚老卖老讲大道理。因为工作关系，我接触过各种各样的人，也跟各种各样的人聊过。我刚才说的，也算是一种统计结果吧。

各行各业的成功者，都是擅长解读人心的人。倒不是说他们特别有人情味，只是有一种能看穿别人心思的能力。说他们会糊弄人也成。糊弄这个词有点难听，但这些成功者的确都有成为一流骗子的潜质。

我想学也学不来。我嘛……只是做这行的时间比较久罢了。毕竟我入行的时候还在打仗呢。

从后往前剪过一轮后，店主换了一把剪刀，也换了一把梳子，再次回到后脑勺。

这一次，他手上的动作变得更细腻了。落在罩衣上的头发都特别短。如果把剪头发比喻成雕刻，那么第一轮就是粗雕，刚开始的第二轮则是对细节的精修。店主的每一个动作都很从容，唯有右手的手指忙个不停，好似寿命很短的小动物在活动。

嚓嚓嚓……剪刀发出清脆的响声。店主的话特别多。也许他本来就爱说话，又或许是他把聊天看成了服务的一部分。

我出生在东京的平民区，是那种放眼望去尽是长屋[①]的地方。我们家从我祖父那代开始经营理发店，我算是第三代传人。所以我还没出生的时候，就已经注定要干这行了。

还在国民学校[②]的时候，我就过上了一放学就去店里帮忙的日子。算实岁的话，我当时才十一二岁，正是最贪玩的年纪。

客人的头发是绝对碰不得的，我每天的工作就是把地上的碎发打扫干净。一有客人剪完头离开，就得把地上的头发清扫干净。这是我父亲的信条。只要地上有一根漏掉的，我就得挨拳头。我们家在当地也算老字号了，店里有其他理发师傅，还有徒弟，根本不缺人手。我当时特别不理解，为什么非得让我干这个呢?

当年的理发师傅都是十二三岁拜师入门的。现在想来，父亲大概是怕我继承家业的时候被其他师傅瞧不起吧。父亲，尤其是那个年代的父亲，绝对不会对孩子说“你真乖”“我对你有很高的期望”这种话。但他们心里都是这么想的——绝不允许自己输给外人，可输给亲儿子还是心甘情愿的。真的，我可没骗您。

---

①日本的传统住宅形式，指将一栋房子分隔、租借给数户人家合住的住宅。多出现在东京、大阪等人口较密集的地区，是日本庶民文化的特征之一。

②日式小学的旧称。

店主凝神看着我的脑袋。他的嘴动个不停，手却没停下。他只用左手大拇指抓住梳子，同时用食指和中指梳起我的头发，动作灵巧得很。好长的手指。只见他高高抬起手肘，手上的动作非常细微，一点点修剪着头发。那眼神就像在精雕细琢某件工艺品似的。我可没有一边动剪刀一边跟人说话的本事。就算剪的是最简单的彩纸，我也怕剪到自己的指头。

后来，局势越来越紧张了。男人大多剃了光头，去理发店剪头发的人也越来越少，于是理发店一家接一家地关门。我们家的生意还能勉强维持，只是店里几乎没剩下几个员工。理发店是所谓的“和平产业”，难免会被官府盯上。理发师傅被召去当兵不说，连理发椅的架子都被征用了，因为是金属做的。

不过也多亏了这番折腾，上初中的时候，父亲终于允许我用推子给客人剃头了。我还清楚地记得，自己的第一位客人是鞋店的少东。他是个时髦的人，平时都把头发梳到后面。也不知是为什么，那天他点名要我剃，说：“今天就请小师傅剪吧。”

原来他收到了入伍通知，临走前特意来剪头发。他平时天天擦发蜡，被宪兵打了也不肯改，一下子剃成光头哪儿受得了。镜子里的他一脸凝重，那表情我至今都忘不了。只是我也不知道他是下定了决心上战场，还是仅仅不甘心而已。剃完后，他对我说：“等打完仗，我还要留背头。你可得好好练本事，以后给我剪啊。”说完还给了我一颗奶糖。当时奶糖已经成了在黑市才能买到的东西。可是，他到底还是没能活着回来。

店主把手指搭在我头上，让我把头仰起来。镜中的水平线稍稍下降了一些。窗口上方的挂钟映入眼帘。镜中的钟是左右相反的。本该指着下午四点的时针正对着八点钟的方向。西沉的红日在蔚蓝的海面上投下金色的光影……

年轻人听我说这些一定很无聊吧？您要不要睡一会儿？不用睡？那我就接着往下说了。像我这样的老头子也只能说说陈年旧事了。不过父亲当年教导过我，口才也是理发师傅的必修课。啊，他没直接跟我说过这话，是他的背影告诉我的。

父亲在我、家人和店里的其他理发师傅面前从来都是绷着脸，但他在店里特别健谈，对客人也很热情。无论人家是刚从外地[①]回来的电工，还是女校的历史老师，父亲都能跟他们聊上几句。这样的本事可不是谁都有。毕竟父亲付出了许多不为人知的努力。他会把每天的报纸从头看到尾，理发店放假的时候，他还特意去浅草听压根儿就不喜欢的落语[②]。母亲当年总抱怨，父亲把一整

①二战结束前日本对海外殖民地的叫法。

②日本的一种传统表演艺术，类似于中国的单口相声。

天能说的话都在店里说完了。可惜我们家的店在昭和二十年的那场大空袭中毁了。

店主后退半步，把老花镜推到额头上，开始前后左右打量我，严肃的表情中没有一丝微笑。我有点难为情，甚至觉得脸颊发痒。“嗯……”他点了点头。我还以为这就剪完了，没想到他又换了一把剪刀，像修剪盆栽似的，在某些地方稍微剪上几刀。店主的剪刀都放在吧台的托盘上，闪着银色的光。他到底有几把剪刀啊？

战争是我上初二那年结束的。嗯，生活很快就开始恢复，可能比现在的年轻人想象中更快一些吧。那年九月，学校就复课了，因为校舍只烧毁了一半。

恢复的速度真是快得出奇。您知道老师们在复课后做的第一件事是什么吗？回收那些灌输军国主义的教科书，像修身、国史什么的。我越想越觉得学校是个荒唐的地方，就养成了逃学的习惯，时间久了干脆不去了。再后来，我离家出走，在黑市干起了替人跑腿的营生。

其实，我原来是想当个画家的。上学的时候，我成绩最好的那门课是美术。家里还有店需要我接班的时候，画家是个遥不可及的梦，可理发店已经没有了呀。于是我一边捡烟蒂，拆出里面剩下的烟草做卷烟，一边用小铅笔头练素描。因为我听说武藏野的美术学校复课了，想去那里上学。战争结束的第三年，我父亲搭了个棚屋，重新开起了理发店，可我当时根本没有回家帮忙的打算。

可是，我漏掉了一个最重要的信息。只有旧制中学①的毕业生才有资格报考那所美术学校。

店主看着我映在镜中的脸问道，想当设计师的人是不是要先上专科学校？很多专科学校有平面设计专业，但我是从美术大学毕业后才进的设计事务所。我怕戳中店主的伤心事，最后还是老实回答了，并补充道，我现在还时不时接一些插画的工作。

听到这儿，店主的手竟然停住了。只见他低头看着自己的手，仿佛在纳闷：为什么手里握着的不是画笔，而是剪刀？片刻后，他察觉到了我的视线，眯起眼睛笑了。“哎呀，真棒……”然后他又重复了一遍，“哎呀，真棒。”

离开黑市后，我跟着替人画招牌的画师做了一阵子学徒，还画了一些作品给美术展投稿，却一无所获。最后，我还是回家了，求父亲再给我一次机会。于是我又干起了给理发店扫地的差事。那一年，我十八岁了。

---

①二战结束前日本针对男生设立的中等学校。

我没上过理发学校，都是照着父亲的样子学的。父亲也没有手把手教过我，翻来覆去只跟我说一句话，“地上不能留一根头发”。但这句话的意思和战前是不一样的——那会儿，我们要把剪下来的头发卖给做佃煮的铺子。因为当时物资匮乏，黑心铺子会拿头发做化学酱油。头发的主要成分不是氨基酸嘛。

回家两年后，父亲才允许我给小客人剃头。到了第四年，他终于开始把店里的一把椅子交给我负责。他经常当着客人的面吼我，但我总算能站在他身边干活了。谁知没过多久，父亲就走了。一天早上，他突然心脏病发作，好端端一个人说没就没了。

店主一遍遍问我，听他说这些会不会很无聊？他每问一次，我都要摇一次头。在我心里，那个年代的事一直是“很久很久以前”的事。可是听他这么一讲，当年的光景仿佛都浮现在眼前。毕竟此时此刻，一个从那个年代走来的人正在给我剪头发。

我的头发短了很多，脖颈后面凉飕飕的。不见了刘海的额头，总是被挡住大半的耳朵都露了出来。镜中的我和平时判若两人。哦，原来我长这样啊……

店主把剪刀换成了剃刀，反复削着发梢。削了好一会儿，他才不情愿地松开我的头发，用刷子掸落罩衣上的碎发。然后，他就从镜中消失了。人虽然走开了，可嘴巴还在动。

于是我二十出头就成了一家店的顶梁柱。父亲走后，客人明显比原来少了很多。不少才怪呢，谁想让一个昨天还在挨老爹骂的年轻人给自己剪头发？我要是客人，肯定也这么想。

打那以后，我就开始玩命练本事。现在的理发师可以买假人练手，当年可没有这么好的条件。我只能到处求人帮忙，说“只要你让我剪头，我反过来给你钱”。掉在地上的头发我也不卖了，全部拿丝线捆起来，作为练习的工具。这些碎发本来已经很短了，但我会继续剪，直到它们跟平头的头发一样短。那时候街上常有野猫野狗的死尸，我有时候会把它们捡回家练手，觉得太臭，就在鼻孔周围抹点曼秀雷敦的唇膏对付一下。总而言之每天从早练到晚。客人比原来少，时间自然就多了。

昭和三十年以后，店里的生意才一点点好起来。我本来想说这是我潜心练习的结果，但生意好转的原因其实很简单，就是“慎太郎头”。

啊，您不知道呀。就是当过东京都知事的那位先生年轻时留的一种独特的发型。他弟弟石原裕次郎主演的电影上映后，这种发型开始流行起来。也算平头，但是额发比较长。

我成了我们那一带最擅长剪慎太郎头的理发师，名气一下子响了。毕竟那阵子满大街都是留慎太郎头的人。多亏了这种发型，理发店的生意才上了轨道。

您问我是怎么练的？嗨，其实我自己就是裕次郎的影迷，想模仿他的风格和打扮，于是做了很多功课，把自己的发型也剃成了慎太郎头。

慎太郎头的难点在于额发与两侧的平衡，但剪起来不是特别费事，一天能剪好多个。我真的特别感谢这个发型。

肥皂味扑鼻而来。回头望去，原来店主正在用一把形似茶筅的刷子在四四方方的陶器中打肥皂泡。

对了，理发师是会给客人刮胡子的。我小时候也经常去离家不远的理发店剪头发，但那时我还没长出几根胡子，总是选价格更便宜的只理发的套餐。这应该是我第一次让别人刮胡子。

三十年代[①]真是理发店的黄金时代。熟客每个月至少要来两次。毕竟那时候没什么东西好供人消遣，对男人来说，理发是一大享受。当年也没人预约，客人都会耐心排队。我们店里有将棋的棋盘，有的客人会在排队的时候杀上一局。下了半天没分出胜负，引得我凑过去看热闹也是常有的事。孩子们都爱看漫画，一看就停不下来。被叫到的时候，反而会一脸不高兴。

对了对了，那时候姑娘也是来理发店剪头发的。大家都会剪所谓的“少女头”，跟童花头有点像，但脖子那儿会剃得更短一些。

---

①指昭和三十年代，即 1955 年至 1965 年。

我们家应该也是那一带头一家买电视机的理发店。

我就是在买电视机那年成的家。为什么记得那么清楚呢？因为我取消了热海蜜月游，用省下来的这笔钱付了电视机的首付。老婆是我的远房亲戚，来自秋田，原本是在店里打杂的。文文静静的一个人，勤快得很。先看上她的不是我，而是我母亲。不知不觉，家里已经把婚事安排好了。我也没想太多，只觉得她长得还不错，仔细瞧瞧挺好看的，于是答应了这门婚事。回过神来才发现，自己已经成了家。当年人们结婚都是这样的。

我紧张地等待店主给我刮胡子，没想到他只剃了发际，就往我身上多套了一层塑料罩衣，说道："先给您洗头吧。这边请。"我只得起身跟着他过去。坐在椅子上仰视他的时候，我还觉得他比同龄人高，但站起来一看，他的身子就显得特别小了。

洗头池设在房间的角落，前面放着一把椅子，和我刚才坐的那把一模一样。店主刚才说了，一个人就能上上下下打点好的店才是他的理想。这是放在店里的另一把理发椅。坐上这把椅子的人兴许也能看见大海。

我在洗头池前坐下。因为在美发厅洗头的时候，人都是仰面躺着的，所以我刚开始还有点懵。在店主的示意下，我弯下腰，把头伸进了水池。

店里的背景音乐轻柔而安静。现在放的这首曲子是披头士的

《露西在缀满钻石的天空中》。音乐声是从屋子深处的卡带录音机里传出来的。我问店主，您喜欢披头士吗？这是我第一次主动和他说话，声音竟有些嘶哑。

披头士？啊，您是说现在放的这首曲子？我都没注意。放音乐是为了让客人放松一些，倒不是我自己喜欢听。我会根据客人的年龄和给人的感觉选择要放的曲子。平时放得比较多的是古典乐和电影音乐。我一般都会挑安静的曲子，客人要是想听流行歌曲，我也会放的。

店里没准备太多适合年轻人的曲子，于是我就想，放点披头士好了。

店主冲洗了好久，这才往我的头上倒了一圈洗发水。凉凉的。原来我刚才闻到的肥皂味是这种洗发水的味道。店主仿佛在用手抚摸我的头一样。与其说是洗头，不如说是按摩头皮。

然后冲洗了第二遍，上了第二遍洗发水。头发打出了泡沫。手指的力度比刚才更大了。唰唰唰……传来轻快的响声。自己洗头的时候，是听不到这种声音的。

您要是问我喜不喜欢披头士，我只能说我没办法喜欢上他们。老理发师应该都不喜欢吧。倒不是说他们的歌不好，问题出在头发上。

理发店的生意，是从昭和四十年代初那群人到日本来访以后开始走下坡路的。头发长了，就去理发店剪短一些。男人都是这样，就跟太阳东升西落一样理所当然。可是这个习惯被那群人彻底摧毁了。

变化不是突然出现的，而是慢慢发生的。从那时开始，理发店就一点点、一点点地萧条下去。也许是因为我们这些老理发师坚信，从东边升起的太阳今后还是会在西边落下，谁都不愿直视现实世界的潮流。一些机灵的理发师开始给客人烫头发，可惜我周围的同行们太乐观了。他们觉得玩小乐队的都不是什么正经人，这些人掀起的潮流绝对长久不了，很快就会消停。

后来，就有了嬉皮士和疯癫族[①]。留着乞丐发型的年轻人开始频频出现在街头巷尾，传统的理发店一家接一家地倒闭，就像一根根从头皮脱落的头发。

我家的店也没能幸免。三十一岁那年，我在理发大赛上拿了个小奖。可这种奖啊，真的是一点用都没有。眼看着店里的生意越来越差，两个雇员的工资都快开不出来了。我也知道，要是把他们辞掉，我一个人负责理发，让老婆做其他杂事，店还可以勉强维持下去，但我打定了主意，要是真走到不得不辞退员工那一

① 20 世纪 60 至 70 年代风靡日本的“日式嬉皮士”。

步，就把店关掉算了。倒不是因为我特别疼惜员工，只是我们家是有三把理发椅的老店，我又是第三代传人，这口气还是要争的。我就是听不得别人说我家的店江河日下。

工作不顺心的时候，私生活也是要出问题的。我这人特别爱喝酒，酒品还不好，一喝醉就控制不住自己。渐渐地，我开始打老婆。老婆是个温顺老实、沉默寡言的人，所以我们吵不起来。她从不顶嘴，也不跟我发牢骚，只是默默地收拾被我摔碎的玻璃杯和小酒碗。

可是……我想以过来人的身份给您提个醒，这世上没有比温顺老实、沉默寡言的女人更可怕的了。

一天，我参加完商店协会的联欢旅行后，回家一看——老婆没影了，她的衣服和东西也都不见了。我每次赌马赢了钱，都会买些围巾、发卡、首饰之类的小东西讨她欢心。可这些东西都被她丢进了垃圾桶。

敢情她是回了秋田的娘家。过了一阵子，她寄来了离婚协议书。反正也没孩子，我就毫不犹豫地盖了章。我们一起生活了十多年，中间却始终隔着一面镜子。就算朝对方伸手也没用，因为镜子里的东西都是反的，连握个手都是奢望。啊，您感到哪里痒吗？

店主用手掌揉搓着我满是泡沫的头两侧，又用蜷曲的手指揉捏头顶。先强，后弱，再强……我的头随着他的动作上下左右摇摆，好不爽快。疼吗？水没流到眼睛里去吧？店主用哄孩子的口吻问道。

冲第三遍，上护发素，然后又是漫长的冲洗。

回到之前的那把理发椅上，他先用毛巾擦头发，再拿吹风机吹。在此期间，我只做了一件事，“坐着”。像小孩子一样任人摆布的感觉太舒服了。

那是什么时候的事来着……大概是跟老婆正式离婚后没多久吧。我也没有力气再逞强了，只能辞退那两位雇员，独自守着偌大的店面，呆呆地等客人上门。

就在这时，店里来了一位头发长得吓人的男青年。他穿着一件印着佛祖的T恤衫，下身是喇叭牛仔裤，长发到腰。要是他张口就说“给我剪到十五厘米长”，我肯定会把他轰走。

谁知他对我说，帮我剪成三七开的短发吧。我顿时觉得心头一热。我生怕他中途改变主意，连忙先给他咔嚓一刀，然后才问，你为什么要剪头发啊？

他说，跟我同居的姑娘怀孕了，再玩音乐也没法养活她，所以要去找一份正经工作。

我在给他剪头发，他在理发椅上掉眼泪。那可是一个满脸都是胡子的人啊。我不由得想起了当年的鞋店少东。那次我剪得特别用心，还免费帮他刮了胡子。

经过这件事，我下定决心，要让理发店改头换面。青年走后，我就把自己的慎太郎头给剃了。打那时起，我的头就一直是您看到的样子。

不能死抓着只有历史的破店不放。我一咬牙一跺脚，举债装修了店面。后来，一位做经营咨询师的客人告诉我，这就叫“高风险高回报”。

我撤掉了等候区的电视和漫画，把整个房间弄得跟酒店大堂似的，还雇了新员工。我们店原来只招年轻人，从零开始慢慢培养，但我打破了这个传统，从一家名店挖了个手艺不错的人过来，给他开了很高的工资。然后我还去学了按摩，从最基础的学起。当时正好是美容院刚进日本的时候，全国上下加起来没几家，我们还一起去听过美容技艺的讲座。洗发水、生发水什么的也全换成了原来不舍得用的高档产品。不过我也把价格相应提高了一些。在别家把价格提到一千日元都要犹豫半天的时候，我家的定价是一千八，高了将近一倍。从这一点就能看出，我当时真的是豁出去了，别说是从清水寺的舞台上跳下去，那简直是从珠穆朗玛峰上跳下去。①

我心想，反正横竖都是死，还不如弄一家自己最满意的店，最后搏一把。实在不行，那我就去当疯癫族算了。

---

①日本有一句俗语叫“跳下清水寺的舞台”，意为痛下决心豁出去。

没想到这一搏还真赢了。说起来也真是不可思议。原先的客人的确被吓跑了，觉得我们家的门槛太高，但是有新客人来呀。虽然这家店没什么拿得出手的，可创业时间长也成了一个卖点。就凭这个，我也得好好感谢守住这家店的父亲和祖父。还有一个人千谢万谢都不够。要是没有他，我家的理发店怕是火不了几天，是他让这家店真正兴旺了起来。

店主开始给我按摩了。长长的手指将柑橘味的精油揉进我的头皮，按压着我的头部。那感觉就像故意把手指插进了头盖骨接缝，连微弱的痛感也变成了快感。之后，他又用手指按住我头部两侧的下巴根和太阳穴，把头整个儿往上拔，我不禁喊出了声。

他是一位非常著名的演员。至于名字，我就不说了，不然会给人家添麻烦。就是这样一位大明星，成了我家的常客。

他第一次来的时候，着实把我吓了一跳。因为他来得很突然。我只能说，他就像直接从电影屏幕里走出来的一样。

当时浅草有个谐星出身的配角演员不时来我家剪头发，大明星貌似就是从他那儿听说了我。他一坐下便说："我接了部黑帮电影，帮我剪个有那种感觉的发型吧。"

我顿时犯了愁。起初，我建议他剪方头——说白了就是平头。可平头是很难剪的，特别考验理发师的技术。而且大明星的发质偏软，就算剪短了，头发也立不起来，弄不出四四方方的轮廓。我心想：完了，这头发没法剪平头……只能再跟他商量，但他翻来覆去就一句话："您看着办吧。"他面色凝重，眼睛紧紧闭着，仿佛在忍受某种痛苦一样。他肯定在苦恼，觉得再演帅气善良的角色很难有突破了。

我想象自己正站在理发大赛的决赛会场，打起十二万分的精神。两边的头发剃到最短，几乎能看见头皮，顶部的头发则稍稍留长。我不是很擅长剪慎太郎头嘛，给大明星剪的发型，就跟慎太郎头的平头版差不多。最后再用大量的发胶让留长的那部分头发立起来就成了。他日后的标志性发型就是这么来的。

大明星特别满意我给他做的发型。后来他还亲自打电话给我，请我去了拍摄现场，说化妆师就是没法让他的头发竖起来，还是得让我出马。

他顶着我弄的发型主演的那一部电影，我足足看了三遍……不对，是四遍。经过这件事，我总算对自己的工作产生了自豪的心情。

从那以后，大明星就成了我家的忠实顾客。他特别喜欢理发，不拍摄的时候，每周要来店里剪两次。店里客人再多，他也会耐心排队，坐在休息室里盯着天空看。其他客人看到他的时候，那叫一个吃惊……我就是在那时开始采用预约制，不让大家到店里排队了。

有大明星给我做活广告，我就谢天谢地了。没想到他有一次还在接受媒体采访的时候透露了我家的店名。报道一出，理发店的生意一天比一天好，简直跟做梦一样。

我在店里接待过各种各样的客人。

有一位以发型奇特著称的谐星也是我家的常客。可他理发的时候几乎不说一句话，就这么绷着脸，显得很不开心，看着我一点一点把那个一上台就能逗乐观众的发型做出来。

还有一位以文笔厚重著称的小说家。他每次来，都要求我把头发弄得竖起来。但他并不适合这样的发型。也许是因为他身材比较矮小，想尽量让自己显得高一点。

其实啊，政治家比演艺明星更讲究发型。有一位当过大臣的政治家，总会在参加电视辩论的前一天带着保镖来我家剪头发。白头发才长出来没几毫米，他就要我重新染。因为他额头上的头发比较稀疏，我必须把侧面的头发拉过来，再用发胶牢牢固定好。那发胶的用量，比银座的女公关还多呢。

嗯，我见过各种各样的人。当然，我一直是隔着镜子看的。

按完头，再按肩膀，脖子不停地晃动。我从来没在店里做过按摩，多少有些不自在。毕竟给我按摩的人都一把年纪了，他显然比我更需要按摩。他按得特别好，特别舒服，可我总觉得过意不去，只盼着他能快点按完。然而，店主就是不停手，一会儿按上臂，一会儿又按前臂……连手心都按了。

镜中的天空逐渐多了几分浅浅的橙色。大海的颜色也越来越暗了。

您还这么年轻，肌肉关节却很僵硬。说句不怕冒犯的话，设计师可能跟理发师一样，平时要做很多精细的手工活吧？啊……现在都用电脑啦？哎呀，用电脑也一样。肌肉酸痛就是努力工作的证据，多了不起啊。

我说到哪儿了？啊……想起来了。从那个时候开始，就有很多名人来我家剪头发。于是周围的人开始吹捧我，说我是“理发大师”啦，说我经营手腕厉害啦……越是这种时候，就越应该谦虚谨慎，可我把这些话当真了。

而且我当时正是最爱逞威风的年纪。比自己年轻的客人一多，就不知不觉地高傲起来，可我还以为自己的服务态度很好呢。更要命的是，干同一种工作的时间久了——尤其是那种简单反复的事儿做多了，就不把脑子用在这上面了，反而会绞尽脑汁去想什么经营啊、人生啊、哲学之类的玩意儿。

渐渐地，我的头就低不下去了，脑海里还冒出了这样的念头：我可是在理发大赛上拿过全国一等奖的人，还有过人的经营手腕，给别人刮胡子、洗头、掏耳朵的差事，要干到什么时候？

四十八岁那年，我在银座开了分店。说得好听点，那是我有

“事业心”，可我真正想做的不过是往脸上贴金罢了。我想要的，就是一层薄薄的金箔。我本打算等分店的生意上道后，就不去店里接待客人了，专心管理店铺。我把父亲传下来的总店交给装修时请的得力干将负责，自己去银座分店坐镇指挥。现在想想，我当时没有看清理想和现实的差距啊。

先生，您要是有把业务做大的打算，可一定不能大意。公司做得再大，也别把公司守则挂在墙上，挂上“初心”才对。哦，您准备一个人做下去？也许这才是最明智的选择。

店主按了我的头部、肩膀与双手。我坐在椅子上，整个人有些恍惚。店主留下的指痕还在隐隐作痛。血液仿佛在全身奔涌。我现在的表情一定很呆滞，仿佛高潮刚过。店主按得就是这么舒服。

我靠在椅背上。戴着口罩的店主把热毛巾按到我脸上，肥皂的香味刺激着鼻腔。我又听见了打肥皂泡的声响。

蒸汽充分渗进肌肤后，店主取下毛巾，在我的脸颊上涂抹温热的肥皂水。

分店开张的第二年，我又娶了一个老婆。那时我常在下班后去一家银座的小店消遣，老婆那时就在那家店。不是什么夜总会，是普普通通的小饭馆。老婆是老板娘朋友的女儿，受老板娘所托去店里搭把手，白天是坐办公室的。

我们刚认识的时候，她大概很讨厌我。因为我白天净对人点头哈腰了，去饭馆的时候总喜欢摆摆架子。这个老婆是我穷追猛打，好不容易才追到手的。

老婆能干得很。她明明比我小一轮，我却总挨她的训。碰到品行不太好的客人，我难免要说人家几句坏话。遇到这种情况，她就会教育我说：你收了那么多钱，忍忍是应该的。你第一次来我们饭馆的时候，我就是这么暗示自己才忍住的。她说得那么不客气，我却不发火，真是奇怪。

后来我们有了孩子。我跟前妻没有生育，五十多岁才有了第一个孩子，含在嘴里怕化了，捧在手里怕摔了。如果人生真的有巅峰和低谷之分，孩子出世的那一刻就是我人生的巅峰。

可惜好日子啊，总是不长久的，所以才更显得珍贵。您看我现在这副样子，应该就能猜个八九不离十了。没错，在银座开分店并不是明智之举。眼看着分店的生意越来越差，我又开始借酒浇愁。

这个老婆和上一个不一样。她一看到我喝酒就发火，说我这样太不像话了。但我从没打过她。因为我很清楚，要是我动手了，她会加倍奉还。我没打她，却也不怎么回家了。明明还爱着她，却在外面找了别的女人。只因为我不想听她唠叨“你明天还要去店里啊”，“再这么喝下去身体要出问题的”，我只想安安静静地喝酒。

开始剃须后，店主顿时安静了许多，也许是因为他正拿着刀吧。削断胡须的声响好似骤雨。我只能在雨声的间隙听到隔着口罩传来的含混不清的声音。

我刚才还大言不惭地说，我见过形形色色的人，听过五花八门的故事，仿佛我的人格也在这个过程中得到了提升。可是，我其实一点长进都没有。我想要的不是理发椅，而是一张能让自己坐下来的椅子。我还是那个以未来的艺术家自居的小屁孩，一点都没变。

那时的我，看什么都是隔着镜子的，因为正视现实会很痛苦。

到头来，两家店都归了别人。其实，要是咬牙放弃银座的分店，总店应该还可以开下去的……可惜出了点事。

实话告诉您吧，我杀过一个人。

贴在喉头的剃刀顿时凉了几分。店主会在这个时候说出这句话绝非巧合。我觉得他是故意挑了这个节骨眼，仿佛在试探我一样。不，也许他在试探他自己。他大概想知道，投映在“客人”这面镜子中的自己是什么样的。

那是二十六年前的事情了。帮我打理总店的人突然请辞，说要自立门户。这么多年来，他一直是我的左膀右臂。当时他也四十多了，有自己的家，我也料到他总有一天是要走的。可我原打算让他用我家的店名开店。[①]听说他要走，我气得火冒三丈。而且他还要带一个员工走，甚至要求我分一部分顾客给他。这些要求令我气到极点。打烊之后，我们在总店吵了起来。

我原本在酒馆跟老主顾喝酒，是他硬把我叫去店里的，所以我去的时候已经有点醉意了。吵着吵着，我被他的一句话给激怒了——现在我却想不起他当时说了什么。说时迟那时快，我顺手抄起一旁的发钳，打在他的头上。最要命的是，那偏偏是一把又大又重的老式发钳，我家的店徽就设计成它的形状。

起初，他还是清醒的，是我叫的救护车。我陪他去了医院，一路上不停地跟他说，对不起，对不起……后来，我就被警察带走了。两天后，警察在审讯室里告诉我，他死了。因为我犯的是“伤害致死罪”，明明夺走了一条人命，刑期却短得可怜。

我在服刑期间跟老婆办了离婚手续。她原本不同意离婚，但我的态度非常坚决，好说歹说才劝动了她。为了让她点头，我不惜撒谎骗她，说我要跟外面的那个女人——其实她都没来探过监，肯定是一听说我被抓就跑了——在一起。这婚是一定要离的，因为我不忍心让她变成杀人犯的老婆，也不忍心让我们的孩子变成

---

①日本有允许老店员用同一字号开业的经营传统。

杀人犯的孩子。自那以后，我再也没联系过她。

不知不觉，胡子剃好了。店主也从镜子跟前消失了。他貌似还没完工，只见他又去里屋取新的药水和工具。

椅背还没扶起来。我抬起头，看见了镜中的挂钟。本以为时间已经过去好久，却惊讶地发现从我进店到现在才一个小时。镜中的秒针在逆向转动，仿佛时间正在倒流。

服刑期间，我成了卫生专员兼理发专员。专业理发师进监狱可不是常有的事，所以我很受重用。不过服刑的犯人只有两种发型可选，要么剃光头，要么剃很短的平头。我能用的工具，也就一把推子而已。

去甲子园比赛的高中生不都剃了光头吗？常有人说，这么多剃光头的孩子聚在一起，看着心情舒畅。可我不这么认为。倒不是因为大家都剃光头，理发师就没生意做了。只是一看到光头，我就会不由自主地想起战争年代，还有监狱。

只有即将出狱的犯人才可以把头发稍微留长一点，这叫“蓄发”。给这类人理发是我当时唯一的盼头，理的时候自然也格外卖力。我早就听说，坐过牢的人是很难找工作的，所以我尽量给他们理得精神些，让他们给雇主留下一个好印象。

最后一个环节是脸部按摩。

店主的手指拂过我的眼眶，在眼皮上、眼梢、眼袋、眼角画着圈，一遍又一遍。眼圈渐渐热了起来，仿佛店主的体温渗到了我身上。片刻后，他用凉爽的冷毛巾盖住了我的眼睛。

他的手指好似敏锐的触角，毫不犹豫地在我的脸上攀爬。他用五根手指来回摩挲我的脸颊，轻触我的鼻梁，缓缓按压我的下巴。那动作就像在确认我面部的骨骼。

出狱时，我本不打算再当理发师。因为我觉得，我这样的人是没有资格拿着利器出现在客人面前的。服刑的时候，我就托人把店面转让了。

但出狱后没多久，我便意识到坐过牢的人真的很难找到工作。幸好再婚时盖的房子还在，店面也因为房地产泡沫卖了个好价钱。付完给死者家属的赔偿金后，我还不至于立刻揭不开锅。可是，没有比闷在家里什么都不干更糟糕的了。死者的脸时不时就会浮现在眼前。

于是我开始去养老院给老人理发。这份工作是保护司[1]介绍给我的。其实让我白干我也愿意，但人家还是付了工钱给我。这件事让我深切体会到，我啊，还是只能当个理发师。

---

①日本的公务员，负责帮助犯罪分子改过自新。

后来，我就把东京的房子卖了，买下这栋房子，把它装修成了理发店。我根本无所谓店的地段，只是因为我喜欢看海，就选在了海边，就是这么简单。只要能离开东京，去一个没人认识我的地方就够了，去哪儿都行。

这家店刚开业的时候，我连招牌之类的东西都没装。没客人上门也没关系，只要我还是理发师就行。渐渐地，一些本地人听说我是理发师，开始时不时光顾。直到那时，我才在公交车道边立了个灯柱。

小时候常去的那家理发店的大叔告诉我，理发店门口的三色灯柱是有含义的。红色代表动脉，蓝色代表静脉，白色代表绷带。很久以前，欧洲的理发师不仅是剃头匠，还是外科医生，要给人放血治病，灯柱代表的是那一段历史——大叔跟我说这些的时候，语气别提有多骄傲了，就像自己当过外科医生似的。

可这家店的灯柱并没有插电，就这么摆在路边。红蓝两色血管中的血液都凝固了，一动不动。

我为什么这么在意店里的镜子呢？让客人看到美丽的海景什么的，都是借口。这面镜子啊，其实是为我自己装的。

理发师的工作几乎都是站在大镜子前完成的。理发师的一举一动，客人都会看在眼里。可这偏偏是我最不能忍受的。于是我想，要是客人能一直看着大海，就不会注意到我的脸了吧。“肯定没人记得你长什么样了”——我这么安慰自己，但心里还是怕得要命，唯恐哪一天有人指着我说，“你是杀人犯。”

做噩梦也是常有的事。在梦里，脸上盖着热毛巾的客人指着我说，“你是杀人犯。”然后客人站了起来，脸上的毛巾掉了。出现在我眼前的，就是被我害死的那个人的脸。

漫长的脸部按摩终于结束了。店主调直了椅背。

睁眼一看，面前的镜子闪闪发光。正要沉入海平面的太阳散发出刺眼的光芒，我不禁把头扭开。

这家店开张的第三年，那位大明星来了。

他说，他正巧在这附近拍电影的外景。我感动得一句话都说不出来，只能不停地给他鞠躬。因为我知道，他有好几年没拍过电影了。

来找我之前，他刚演了一部电视剧的配角。为了那个角色，他把头发留长了一些。他让我“剪成老样子”。我剪得可卖力了，比他第一次光临的时候还要卖力。他的头发稀疏了不少，弹性也大不如前，所以我剪得格外仔细，格外认真。

打那以后，他开始频频光顾这家店。像当年那样每周两次是不可能了，但每月至少会来上一回。在他去世半个月前，他叫我去一趟他住的医院。我立刻带上所有能带的工具赶了过去。那是他这辈子最后一次理发。他的语气跟平时一样彬彬有礼。我还记得他最后是这么对我说的：

“谢谢你。多亏了你，我才能有今天。”

听到这句话，我顿时觉得此生无憾了。我是个罪孽深重的人，却有人这么感激我。光是这句话，就让我觉得这辈子没白活。

镜子反射的光是不是太刺眼了？对不起……再吹一下就好了。这面镜子什么都好，就是有西晒。我一般不在这个季节的日落时分接受客人的预订，可是听到原田先生您年轻的声音，我心里特别高兴，一时没忍住就破了例。

话说回来，您的发旋长在一个很特殊的位置。嗯，每个人的发旋都不一样。不会的，它的位置是固定不变的。我天天跟头发打交道，再细微的差别也能一眼瞧出来。

您是不是觉得我是个特别啰唆的老头子？我也不是天天都这样。我还是头一回跟客人聊这么多呢。有些事啊，还是得跟您说一说，毕竟我也没几年好活了。

这时，店主突然说道：您后脑勺那个缝过针的伤口，是小时候摔的吧？

我不禁望向镜中的他。因为逆光的关系，他的脸变成了一团黑影，我看不清他的表情。

那个伤口，是摔下秋千的时候磕破的。那秋千就在河滩的公园里，周围的地上都是石头，能不磕破皮嘛。我实在不放心让儿子在那么危险的地方玩，干脆买了架秋千，装在自家的院子里。老婆还笑我太宠孩子呢。

这栋房子的院子里不是有一架破秋千吗？那是我从东京的家里搬来的，不是原来就有的。

店主问，令堂还健在吗？我回答，嗯。

店主沉默了。但我大声打破了由吹风机的响声形成的寂静，说："我下周要办婚礼了。"然后，我才简明扼要地道明来意。

婚期将至。我想在举行婚礼前去理发店好好剪一次头发，而不是像平时那样去美发厅随便弄弄。我只跟他说了这些，绝口不谈母亲是多么不愿意提起他，以至于我只能到处打听，费了好大的劲才找到这家店。

店主的脸在逆光中漆黑一片。他开口对我说，恭喜您了。我回答，谢谢。本想再说点什么，可剩下的话到头来还是咽了回去。

店主完成了全套流程，解开罩衣的搭扣。我本想自己脱，但他太熟练了，动作终究要比我快一些。刹那间，我又变回了小孩子，眼睁睁看着他轻而易举地为我脱去了罩衣。

收银台旁边放着一叠印有"会员卡"字样的卡片，但我没有拿，店主也没向我推荐。

他不肯收钱。我硬是把钱塞给他，怀着合上老相簿的心境，伸手握住门把。店主的声音从身后传来——

请问……能让我再看一看您的脸吗？不不，我就是怕额发没理好。

彼时来路

走出车站一看，远方的天空蓝得有点不真实。环岛的圆形花坛那边甚至飘着积雨云，突兀得像是谁贴在天上的。

倾泻在沥青马路上的阳光，好似一根根金黄色的针。我撑起阳伞，迈开步子。

车站前狭窄的购物街已经和十六年前大不一样了。街道右手边的西点铺如今已变成了手机店。唉，再也吃不到那家店的桃挞了啊……

在购物街的前方，有一家小巧整洁的超市。这家店也是新开的。这明明是我出生长大的地方，可我竟想不起那边原来是什么了。我决定去超市买点桃子。

我把装着桃子的购物袋挂在手肘上。这边的路不同于大城市的，车很少，路却很宽。放眼望去，两边的行道树矮矮的。沿路的紫薇开着粉色的花。现在是下午，时间还早，人影却没几个。

知了在行道树间吟唱。其中一棵树下，有个小女孩抬头望着树梢，跟当年的我一样。我小时候也特别纳闷，紫薇的树干那么光滑，知了怎么能待得住呢？

这是一座小镇。穿过站前购物街后，商店就逐渐变成了民宅。脚下的路也成了上坡路。在快到无人神社的地方左转，是一条坡道。曾几何时，我每天都要在这条路上来来往往。出门的时候像小狗似的冲下去。要回家了，就迈着老狗般的蹒跚步伐爬上去。我出生长大的家，就在这条坡道的尽头。

坡道是不太陡的羊肠小路。走在阔别已久的路上，感觉格外漫长。快走到第三个拐角的时候，我快速转了一圈阳伞，然后重新握住形似问号的伞柄，因为我的手心出汗了。

尖头铁栅栏上像以前一样缠着铁线莲，却看不到花，藤也枯萎了。院门两侧放着水缸似的钵，种在里面的橄榄还是十六年前的吗？看上去一点儿都没长高。白色的墙，红褐色的屋顶，勉强算是“南欧风格”。然而马路对面种着一片大葱，背后则是竹林，可见设计者完全没考虑到房子与周围环境的关系。在我心中，这一直是一栋让我备感尴尬的房子。

白墙的颜色比当年暗淡了不少，不过今天的天空格外蓝，与红褐色的瓦片形成了鲜明的对比。空中的积雨云像大片蓝色颜料中的留白，又像在屋顶上方张开的双臂，似乎正要拥抱什么人。

我用挥剑般的动作收起阳伞，推开院门。

玄关的门铃好像坏了，怎么按也不响。绕到院子后面看看吧。

在城市里，这么大的院子都够盖一栋房子了。只见院里杂草丛生，我本以为这个季节过来能看到夹竹桃、紫茉莉和山百合之类的。摆在露台上的陶盆里，狗尾巴草随风摇摆。好一派荒芜的景象。要不是弟弟几天前打来的那通电话，我说不定会误以为屋里已经没人住了。

“你去看看妈妈吧。”

弟弟小充都三十八了，却还管母亲叫“妈妈”。我叮嘱小充不要在妻子面前这样，“你也老大不小了，用这个称呼不太好吧，可千万别当着佳织的面这么叫。”我故意挑刺，试图转移话题，小充却还是一副强硬的口吻。

“妈妈也很想你啊。”

在两次叹息那么长的沉默之后，我挤出一句话来：

“她想我？她真说过这话吗？”

“不用说出来，一看就知道了。”

“肯定是你多心了。”

“可是你再不去——”

“再不去能怎么样？”

“再不去，你一定会后悔的。”

院子北边，也就是露台的后面，有一个像半岛一样从主屋凸出来的房间。墙上刷的是白油漆，但油漆并没有直接刷在墙面上，而是刷在贴墙的木板上。油漆几乎掉光了，像紫薇的树皮一般斑驳。这个房间，就是母亲的画室。

她……应该就在这里吧。正像十六年前一样，一直以来都是如此。

门开了一拳宽的缝。这是她的一贯作风。父亲劝过她，说这样太危险了，还是把门关上吧。她总是会反驳，“颜料会晾不干的。”“你不记得松节油的气味有多难闻。”父母毕业于同一所美术大学，却是学姐与学弟的关系。听说父亲当年是雕塑系的，但一毕业就进了公司，当了工薪族，毫不犹豫地抛弃了凿子和锤子。也许是这个缘故，他没法对母亲强硬起来。

我抬手敲门。没有人答应。

我试着把门推开一半，只盼着里面没人。小充跟她说过我今天要来，但我毕竟不是直接找的她，而且也没听到她的回复。就算她算好时间躲出去，我也一点都不会吃惊。说不定我心底就在如此期盼。

然而，她总会轻而易举地斩断我的希望。以前是，这次也是。

朝北的大窗户前摆着画架。一个与画布对峙，仿佛在凝视一面镜子的背影映入我的眼帘。头发上裹着紫色的头巾，就像沙漠里的游牧民族。被颜料弄脏的白外套应该是日式围裙吧。那是她绝不会在日常生活中穿的衣服。只有在作画的时候，她才像一个普通的母亲那样套上围裙。围裙下面肯定是连衣裙。

我又敲了敲半开的门。

咚，咚。

我的心也在怦怦跳动。

咚，咚，咚。

母亲还是不回头。她今年七十三岁，还没到耳背的年纪，绝对是故意装作没听见。

其实只要开口叫一声，问题就解决了，可我不知道该怎么叫才好。早在好几年前……或许在十六年前，我就不知道该怎么叫她了。

“呃……喂。”

她终于回头了。映入眼帘的那张脸与我记忆中的相距甚远，竟让我产生了误入别人家的错觉。

从紫色头巾边耷拉下来的长长的乱发是花白的。她的脸本来就偏长，但当年好歹还有点肉，现在却瘦得皮包骨头，面色因为涂了厚厚一层粉底显得分外苍白。她原来在家里明明不常化妆的啊。可眼前的她连嘴唇都涂得鲜红，像假花似的。

那双大而冷淡的眼睛，还有透着傲气的尖鼻子都没变。要是把我母亲比作动物，“鸟”是最贴切的比喻。但我说的不是小鸟，而是大块头的鸟，比如大雕和老鹰之类的猛禽。

我绞尽脑汁，不知该用什么样的表情去面对她，只能先稍微掩饰一下。

母亲眨了眨眼，紧抿着嘴唇，对着突然现身的我露出惊讶的神色。

这眼神是什么意思？小充没说我要来吗？还是因为我的外貌变化太大，把她吓到了？十六年过去了，我肯定比当年老了不少，可一头黑色的直发还和以前一模一样，我自己都觉得再不换发型也太不像样了。齐膝的连衣裙应该也是她见惯的才对。我是不会穿牛仔裤或者短裤出门的，因为我穿不来。

“啊，是你啊。”

母亲的声音听起来仿佛刚从梦中苏醒。紧随其后的那句话，却是用极其现实的口吻说的。

“你来干什么？”

你就这样跟阔别十多年的女儿说话吗？

我的回答，听着有点像借口：

“小充联系我了。”

一走进画室，木地板就发出了像老鼠叫的吱吱声。它虽然是“我家”的一部分，可每次走进这个房间，我都会分外紧张。这个毛病到现在也没好。木板嘎吱作响，一如曾经的我发出的叹息。

这间画室，也曾是我的教室。

面朝院子的那扇门，还保留着母亲开班授课时的痕迹。右手边有一扇通往主屋的门。五六个学生就能把这间画室塞满了，作为绘画班的教学场地显得拥挤。可要是把它用作个人画室，面积足够了。画室的墙壁跟外壁一样，也是白色的。这倒不是因为母亲偏爱白色，而是考虑到了画室的实用性。为了避免阳光直射，画室只开了两扇窗，大的一扇朝北，小的一扇朝西。屋里弥漫着油画特有的刺鼻气味，而且还热得要命。

我停在离她三步之遥的位置。这样她就没法用调色刀打到我的手背了。“你要我说几次才懂！用过的笔要立刻洗干净！”“你身上穿的是什么玩意儿！太俗气了，快给我脱了！”

我下意识地用一只手整了整连衣裙的裙角，进入了警戒状态。因为我认定，她一定会对我的着装做一番点评，越想越觉得自己不争气。穿什么不行，怎么偏偏选了一条花朵图案、土里土气的裙子?

母亲是那种十指不沾阳春水的人，我和姐姐却从小穿她用缝纫机做的衣服长大。她的作品净是连衣裙，花朵图案的居多。她明明是个画家，却对孩子的着装态度非常保守，总是把落后一两个时代的审美强加到我们身上。

到了多愁善感的年纪，我开始自己挑衣服穿了。可她就是看不惯我选的衣服。无论我穿什么，她都会问：“你身上穿的是什么玩意儿？”

她每问一次，我都要顶一次嘴。

“你当我几岁，我都十六了啊！”“我都十九了啊！”“我都二十二了啊！”

这样的对话，一直持续到我离开这个家，开始独自生活。“我都二十六了啊！”

“你说是谁联系你的？”

“你没听见吗，是小充。”

我的口气不由自主地变得生硬。只要她对我的连衣裙、我现在的生活，或是通过小充打听到的我的人生轨迹发一句牢骚，我会立刻反驳她。用来反驳的话早就准备好了。

但母亲并没有用批判的眼光打量我的衣服，甚至没有看我的脸。她的视线在空中游离了片刻，然后嘟哝道：

“小充……”

就好像这是个陌生人的名字。

我并不奢望她起身迎接我。她仍然端坐在画架前。

小充在电话里告诉我，她站不起来了。

“她的腿脚不行了，最近都用上轮椅了。”

我知道小充是故意这么说的，好让我担心，于是我用冷若冰霜的口气反问道：“一个那么要面子的人，居然用上轮椅了？看来情况相当严重啊。”

“就是为了保住面子才坐的轮椅。她不是完全走不了路，只是不想让人看见她步履蹒跚的样子。我劝过她好几次了，多走走对身体好，可她就是不听。”

小充是个好孩子。看到你穿牛仔裤，她都没训你。但我记得，你有一条故意做旧的牛仔裤被她自说自话扔掉了。“垃圾就该进垃圾桶”——“妈妈”对你做过那么过分的事，你还会为她担心？你劝都没用，难不成我劝还能有用吗？

小充跟我一样，住在离老家很远的地方。但他会时不时带着妻子佳织和孩子们回家探望。母亲特别宠儿子，几乎把他当成和我们姐妹截然不同的小动物、小宠物。

据说母亲的身体大概是两年前开始出问题的。起初她甚至不肯请护工，小充好说歹说她才点头。

“我最近每个月都会去家里看看，但以后就没法去得那么频繁了……”

我总把小充当孩子，但如今他已经是电机厂商的股长了。据说公司正式决定十月份派他驻外。

“她到底哪里不好啊？”

“哪儿都不太好。”

“这是什么话？是没几年好活了吗？”

“呃，那倒不是……你去看看就知道了。”

我感觉电话那头的小充是在故意糊弄我。他的言外之意是，想知道实际情况，就得亲自回去看看。不知道为什么，他就是想让我见母亲一面。“你就替我好好照顾妈妈吧”——我仿佛都能听见这句话了。

母亲的个子很高。小时候，我总是被她俯视。长大后，我们的视线差不多平齐了。可如今的母亲坐在憋屈的轮椅上，整个人好像小了一圈。啊，她已经不能再俯视我了。

我上前一步，俯视着她说道：

“我听说你身体不太好。”

原本已经把脸转向画布的母亲听到这句话，像鸡一样敏捷地回过头，把亮色的画笔对准我，就好像那笔头是枪口似的。这时，我发现她的口红抹出了唇外，一双画出来的眉毛分外惹眼，却不对称，一点都不像画家的手笔。

“我没什么不好的，只是岁月不饶人而已。”

她撂下这句话，把头转了回去。我这才发现，她的头巾上印着向日葵的图案，只是底色是紫色的，所以我一下子没看出来。我真想扭头就走,回去换一身衣服。因为我的连衣裙上也有向日葵，只是做了变形处理，不仔细看看不出来。

母亲最爱向日葵。无论是穿在身上的衣服还是日用品，她都会选向日葵图案。我们姐妹俩夏天穿的连衣裙上也都是向日葵。

她自己经常画这种花就罢了，一到夏天，还会给绘画班的学生们布置和向日葵有关的作业。

所以我很了解向日葵。乍一看，会觉得那就是一朵大花，其实那是无数小花的集合体。正中央的棕色部分是“管状花”，外侧的一片片花瓣叫“舌状花”。现在让我凭空画一张管状花的细节图，我应该也能画出来。

不知为什么，我们家的院子里有各种各样的花，却偏偏少了向日葵。“把它当画的主题才好看。真花总有些俗气，不是吗？太鲜艳了，我不喜欢。”

她会用独断自私的审美评判世间万物的优劣。花朵、画作、物品、人……连她的孩子都是评判的对象。

她的价值观是黑白分明的。要么喜欢，要么讨厌，没有居中的选项。

我和姐姐拼命努力，生怕被母亲打上“讨厌”，也就是“不合格”的烙印。但是在这场竞赛中，姐姐始终遥遥领先。

母亲专注地画着，仿佛早已忘记了我的存在。我擦了擦汗，凝视着她。能说的话本来就不多，还被我早早说完了。有什么说什么成了唯一的选择。

“这个房间好热啊。”

“啊？”

母亲又像鸡一样敏捷地回头看我。她的妆都被汗水弄花了，表情却显得十分惊讶，好像在我开口前她都不觉得热似的。

我开始默默寻找空调遥控器。其实直接问她更省事，画室显得有些杂乱无章。

想当年，母亲总把画室当作自己的作品看待。房间里的所有东西，都要按照只有她知道的规则摆放在正确的位置上。一旦乱动，她便大发雷霆。颜料与画材，画布与画集，石膏像与练素描时用的贝壳、塑料果子，都有各自的位置。

画室算不上特别乱，但母亲的规则似乎已经土崩瓦解了。遥控器竟插在人体躯干塑像和靠在它身上的凯·沙吉[①]画集之间。

我按下遥控器的按钮，空调却没有启动。按了好几次，还是没反应。打开后盖一看，原来没装电池。

我翻了个白眼，朝母亲晃了晃敞开后盖的遥控器。说不定，我脸上还挂着胜利者的得意。

搞什么嘛，敢情你的规矩就是这种水平？原来都是做给人看的？只要没人看，就会变成这副样子喽？

母亲一脸莫名其妙地望着我的脸，汗水从头巾裹着的白发下渗出来。

父亲是十三年前去世的。我最后一次见到母亲，是在父亲的

① Kay Sage（1898－1963），美国超现实主义画家。

葬礼上。但那一次我们几乎没有任何眼神交流，甚至连一句话都没说。

上一次与母亲面对面说话，还得追溯到十六年前——我离开这个家的时候。

母亲当时是这么说的：

“你以为你一个人能过得下去？要不了多久，你就会回来。”

而我是这样回答的：

“你错了，到时候求着我回来的人肯定是你。我会一个人过下去的，一辈子都不用你操心。”

为什么要回来？我明明都决定了再也不见她。来都来了，总想说点什么，也应该有很多话要说，可脑海里就是一片空白。明明在这十六年里，我曾无数次在心里跟她说话。我换过好几个工作。每每找到新工作，我都会对她说：“瞧瞧，我一个人活得多好啊。”每次交到新男友，我也会对她说：“作为女人，我比你更强，更幸福。”有人夸我穿衣品位好，我就会对她说：“你也这么穿不是很好吗？”心碎的时候，我总会对她说：“对不起，妈妈，你说得一点都没错。”

母亲正在用的是八号的F型画布。她以前是不用这么小的画布作画的。照理说，这是用来画人的尺寸，可她画出来的东西怎么看都是抽象画。以用色细腻见长的她竟使用了大量的原色，像刷油漆一样，把同样的颜色涂了一遍又一遍。

她到底在画什么？她以前是从来不画抽象画的啊。“抽象画是蹩脚画家的借口，他们只是不想让别人轻易评价自己罢了。”

我探头去看，她却看着画布问道：“渴不渴？”

我是真渴了。从出门到现在，还没喝过一口水。难道她还记得我喝不了自动售货机卖的饮料？但喝不了就对了，这也是她多年教育的成果。从我住的地方到这里足有两个半小时的车程，得先坐特快列车，再换乘支线。

我下意识地用“乖女儿”的声音回答：“嗯。”

“那就别傻站着，去泡个茶。就泡红茶吧，别弄成冰茶啊。”

她果然一点都没变，还是那种认定地球是绕着自己转的人。只有傻子才会指望她说上两句贴心话。

主屋的厨房几乎还是我离家时的模样，只是冰箱换了新的，水池旁边多装了一台洗碗机。早在十六年前，这间厨房就算不上新了，所以保持原样意味着它现在已经彻底旧了。厨房里最新的洗碗机也是过时的旧型号。

她从不喝袋泡红茶，所以餐具柜里应该有茶叶罐——盖子上有向日葵浮雕的不锈钢茶叶罐。其实我完全可以直接问她“茶叶罐在哪儿”，却偏要自己找。找了半天，才发现罐子并不在餐具柜里，而是放在水池下面的地柜里，与大量的罐头为伍。

怎么会有这么多罐头？仔细一看，全都是猫粮。她养猫了？

在我离开这里之前，家里养过一只猫。猫是我和姐姐捡回家的。那年我十岁，姐姐刚上初中。

母亲不喜欢小动物，自然没给我们好脸色，但猫最后还是留了下来。因为爱猫的父亲一反常态，坚决支持我们。而且小猫一下子就跟还在上幼儿园的小充亲热起来。说不定它把小充看成了自己的同类。

那是一只小白猫，眼睛上面有两条形似眉毛的斑纹，于是“眉眉”成了它的名字。

有眉眉的那段时间，家中仿佛亮起了一盏小灯。我们三姐弟和父亲争先恐后地和它玩。一提起它可爱的小动作，还有它犯的傻，大家都会开怀大笑。母亲总是装出一副不感兴趣的样子。可我知道，眉眉有时候会在早上用身子蹭她，问她要吃的。平日里分外冷漠的母亲，竟会被它逗得发出嗲里嗲气的声音。

然而，美好的时光总是短暂的。

在眉眉来到我家的那年秋天，姐姐去世了。她是在上学路上被疲劳驾驶的司机撞死的。

一个月后，眉眉也在同一条路上被摩托车撞死了。“它是不是被蓉子叫走了呀？”办七七法事的时候，有个亲戚随口说了这么一句话。母亲勃然大怒。

自那以后，任我和小充如何央求，她都不肯再养宠物了，无论是猫，还是其他动物。

“我受够了，我再也不想看到身边的人死了。”

话说她养的猫在哪儿呢？

这么热的天，我可不想喝热茶。我打开客厅的空调，心想总有自制的大麦茶吧，便拉开冰箱门，门上贴着便条。上面的字迹并不是母亲的。

AM 9：00 药①②③

PM 5：00 药②

PM 9：00 药①④

看来母亲没有让每周来三次的护工帮着做些菜。冰箱里几乎没什么像样的东西。能称得上“饮料”的只有纸盒装的牛奶，而且还过期了。

不知道为什么，冰箱里放着好几瓶花生酱。简直跟花生酱广告里拍的一样，总共有六瓶。是打折时囤的？她居然喜欢吃这种东西？

她从来不跟别人说自己喜欢吃什么，讨厌吃什么。可能是她觉得这个话题太“俗”了。

我觉得自己看到了不该看的东西，连忙关上冰箱门。

话说回来，我的确不了解独居的母亲是怎么过日子的。因为十六年前我离开这个家的时候，父亲和小充都还在。

家里一旦没人，女人就会变成这副样子吗？从没成过家的我当然无论如何也想不明白。

我有过男朋友，也和他同居过一段时间，但早就分手了。

他比我大一岁，在母亲的绘画班上过课。其实我离家出走的首要原因，是和他的恋情遭到了母亲的反对。

当画家是他的理想，无奈理想终究只是理想。我好歹也是画家的女儿，可他画的净是些连我都看不懂的东西。最后，他还以“要挑战大作”为由辞掉了兼职的工作。和他在一起的那五年，一直是我赚钱养家。

画画少不了昂贵的画材，还需要一定的空间，租单间肯定不够用，所以我们租的是比普通公寓更贵的独栋房。为了挣钱，我只能去夜店工作。

我知道他不是什么好东西，心也早就凉透了。和他同居整整五年，完全是为了跟母亲怄气。我当时可能是想把男友培养成顶天立地的画家，争一口气给母亲看看。

我还怀过他的孩子。他对我说：“等我们有了孩子，就去登记结婚吧。”可惜孩子在四个月大的时候掉了。当初的约定仿佛随着孩子一起消失了。这次流产，也成了分手的导火索。

我一边等水煮开，一边剥买来的桃子。她这人从不告诉别人自己喜欢吃什么东西，但是我猜她应该很爱吃桃子。

每逢桃子上市的季节，她都会找各种借口买桃子回来。

“瞧瞧这亮粉色的渐变，多美啊，我一时没忍住就买了。”

“桃子啊，特别适合拿来练素描。它的曲线看似简单，其实很难处理好。”

实话实说不好吗？就说一句“我爱吃桃子，大家一起吃吧”。

那样的话，餐桌上的沉默与紧张会瞬间变为一家团聚的其乐融融。

挑茶杯的时候，我稍微犹豫了一会儿，因为餐具柜里放着花纹不同的杯碟套装。十六年前，家里并没有这些茶杯。我不知道哪个才是母亲心头的最爱。管他呢，随便拿一个不就成了——手都伸出去了，却还是缩了回来。因为我不想听她说：“你怎么挑了这个！这是我最讨厌的杯子，你的品位就这种水平？”

就在我打开茶叶罐，准备把茶叶倒进茶壶时，我忽然发现……茶叶上有一层白粉。

那分明是霉斑。

你也太不小心了吧？好端端的红茶都发霉了。身体再不好也不能这样吧？你又不是走不了路，怎么能邋遢成这样，真是的。

我抓紧机会，在心里数落她。

怎么办？这样的茶叶还能用吗？要不先泡泡看，喝一口尝尝？不行不行，我又不是她，我连伯爵红茶和大吉岭都分不清楚。她总喜欢炫耀自己对红茶的了解。出于逆反心理，我养成了只喝咖啡的习惯。

对了，放点桃子进去好了。我买了两个桃子，刚才只剥了一个，没切开。于是我拿出另一个，切成小块。只给她喝太不公平了，我把自己那杯做成了桃味冰红茶。

我把红茶和装着整只桃子的碟子端回画室。画架旁边的小桌上放着颜料、调色盘和画笔之类的东西，没有空余的位置了。我只能从画室的角落拖来一把椅子，把托盘放在椅子上。她跟以前一样，一句“谢谢”都不肯说。我懒得跟她计较。

母亲才喝了一口，便轻轻喊了一声：

“啊……”

我正靠着墙壁喝着冰茶。一听到她的声音，我的后背立刻挺得跟不锈钢尺子一样直。事到如今，还有什么好怕的？我已经不是当年那个黄毛丫头了，她也变成了坐轮椅的老太婆。

“你在茶里放了什么东西？”

母亲那双猛禽般的眼睛死盯着我。

“嗯……桃子。”

“哦，是吗。”

看来她挺满意这杯茶的。只见她双手捧起茶杯，噘着血红的嘴唇，满头大汗地喝着。我竟然松了口气，太没出息了。

在喝茶的时候，母亲的视线时不时飘向那个桃子。我装出没看见的样子，冷冷地说："那个桃子，你要是想吃就吃吧。"

"又喝茶又吃水果的，岂不是要跑好几次厕所。"

我故意吊她的胃口："那我就吃了啊。"

"算了，就放那儿吧。"

她先挪到西侧的窗边，装出眺望窗外的样子，然后放下茶杯，奋力推着轮椅挪到托盘边上，生怕我抢了那只桃子。说时迟那时快，只见她伸出双手，抓起桃子。我用眼角的余光偷瞄她。

她竟然一口咬了上去。

龇牙咧嘴，红唇都变形了，她也不在乎。汁水从弯起的手指间滴落。每啃一口，都会有粗俗的声音传来。莫非她以为我听不见？

简直跟几百年没吃饭的饿鬼一样。太不像样了。这桃子买得值。

我本想给她一个冷笑，却笑不出来，只能把脸转向窗口那边。

窗外有一张人脸，是个留着童花头的小姑娘。

我只能看到她的肩膀，但她身上穿的应该是白色的连衣裙。那是刚才在紫薇树下抬头望着知了的姑娘。我冷眼看着啃桃子啃到下巴滴水的母亲，而小姑娘正用一双没有任何感情色彩的眼睛凝视着我。

我们还小的时候，母亲在一所中学当美术老师。"我们"指的是我和比我大两岁的姐姐，那会儿还没有小充。

母亲三十三岁那年，发生了一件大事，她的作品入选了某个美术展。许多画家都是在入选这个美术展后开始飞黄腾达。于是母亲辞去了教师的工作，自立门户，走上了画家之路。

当时我虽然年幼，但母亲高超的画技总惊得我合不拢嘴。她的作品大多走超现实路线，但没有扎实的基本功是画不出那种作品的。她画出来给我们做示范的素描线条精准，没有丝毫凌乱。只要她愿意，画出跟照片一样的写实画也不是难事。

然而，自立门户是一码事，用画画养活自己又是另一码事。母亲用作画换来的收入，还不足以让她成为人们口中的“职业画家”。她办过好几次个人画展，反响都不错。本地画廊也有她的专用展示区。可她的画不会被挂在公司的大堂，也不会出现在资本家的豪宅中。天外有天，人外有人。很遗憾，母亲的才华并不足以让她走出这座乡下小镇。

让早早抛弃艺术的父亲养着，是母亲绝对无法接受的事。于是在小充出生的第二年，她在家里办起了绘画班。我和姐姐也是她的学生，但我们从来没有因为这层关系受到特殊关照。硬说有的话，就是下课后没完没了的练习。

我的资质应该是不如母亲的，姐姐估计也差不多。可母亲坚信，只要让我们从小接受绘画方面的精英教育，就一定能成大器。她的努力栽培并不是为了我们的前程服务。母亲不断告诉自己，她之所以无法得到社会的认可，只怪她出身贫寒，在参加高中美术社团前一直过着和绘画无缘的生活。连父亲都不知道她是怎么攒出美术大学的学费的。

于是她把自己的梦想寄托在两个女儿身上。

她也让小充学画，但据我所知，她从不强迫他练习。有一次，她说了这么一句话："男人是不行的，因为他们放不下各种各样的东西。"你错了，妈妈。放不下各种东西的明明是女人。

比我更有希望成才的姐姐一走，母亲过剩的期望就倾注到我一个人身上。每天放学回家，等待我的都是重复不断的素描练习。同一座石膏像，同样的模型，我得画上好几张，甚至是几十张。夏天一到，我要画的东西就成了桃子和向日葵。一遍又一遍，没完没了。无论我怎么画，母亲都不满意。她会无休止地讲解我哪里画得不好，为什么不好，还会滔滔不绝地说我是个多么糟糕的学生。她并不会对我"说教"，只是"讲解"而已。我哪里受得了这样的折磨。每一分，每一秒，我的心都跟画室的木地板一样，发出撕心裂肺的惨叫。

渐渐地，我发明了一个保护自己的方法：在母亲批评我的时候，我会把心放飞到远方，让它脱离我的身体。我会暗示自己，挨骂的不是我，而是另一个女孩。

可怜的替身是个跟我长得一模一样的少女。她画技蹩脚，天热的时候很想像别的孩子一样穿中裤。可惜她每天都要画画，没时间跟其他小朋友玩，总也交不到朋友。她的名字叫小眉眉。

我们每天都有说不完的话。在母亲短暂离开的教室，在我们自己的房间里，在被窝里……姐姐还在的时候，我们也特别要好。聊天前，我会先向小眉眉道歉，因为我在母亲批评她的时候离开了。而小眉眉会露出落寞的微笑，原谅我的过错。

我觉得我没疯。我明知道小眉眉只存在于我的想象中，却还是死死抓着她不放，仿佛在夏末抓着紫薇树干的知了。

不用说，我在高三那年报考了好几所美术大学，全都落榜了。

见我连垫底的造形大学都没考上，母亲如此说道：

“看来你是一点天赋都没有。”

慢着。现在才说这种话，是不是迟了点？

光这样还不罢休，她还要落井下石。

“要怪也只能怪你没照我说的办，日子过得不像样子。没法把自己的生活收拾好的人就没有画画的资格，更没有活在世上的资格。”

我咽不下这口气，就报了个复读班。因为母亲已经不愿意教我了，就像我是一件被她玩腻的玩具一样，说扔就扔。第二年，我再次向美术大学发起挑战。

但结果还是那样。最终，我进了一家与美术毫无关系的公司，当了个普通的白领。

说实话，这次来之前，我不是没有犹豫过。最后决定过来，是因为我想亲眼看一看“日子快过不下去”的母亲是什么模样，想狠狠嘲笑她一番，对她说："瞧瞧，连你都没法把自己的生活收拾好啊。"

我回头望向用粗俗的动作啃着桃子的母亲，想给她一个突然袭击。

"怎么样？桃子好吃吗？"

正在嘬桃核的母亲连忙捂住嘴。哎哟,你的妆都被汁水弄花了。

母亲拿起放在颜料旁边的纸巾，贴在嘴边，一本正经地把桃核吐出来，然后说道：

"你这件衣服不好。"

瞧瞧，果然来了。这个人的思路，我早就摸透了。母亲总把批判的矛头指向别人，把所谓的审美强加于人，其实都是为了掩饰心中的自卑。那不过是她保护自己的手段罢了。

对女儿的着装与举止吹毛求疵，是因为父亲的出身不错，而他的亲戚们总是奚落母亲是个没爹的孩子。偏爱西式的住宅与生活方式，是因为她的青春岁月是在破旧的小公寓中度过的。数落我没天赋，是因为她时刻都在担心这句话会降临到自己头上。

离开她生活多年，我的年纪比当年离家时母亲的年龄都大了。现在我特别能体会她当时的心境。因为母亲生命的一部分，早就在我心中扎下了根。远远地观赏素描画，就能看到很多在近处发现不了的东西。这个道理还是母亲教给我的呢。

我叹出一口攒了十六年的气，开口说道：

“你有完没完，我都——”

说到这儿，我却把后半句咽了回去。我已经四十二了，说这种话可一点都没有意义。

母亲的眼神一如当年，有着猛禽的犀利，却没有了情绪，仿佛那些情绪早已被她遗忘在了过往的岁月中。她就这么看着我说：

“你是黄色的，适合穿黄衣服。”

自说自话。母亲喜欢给一切事物贴上颜色的标签。“我讨厌那个人，因为他是装模作样的浅紫色”，“今天的天气是亮绿色的”，“你的声音像镉红色”……就像她能看见别人看不见的颜色似的。

我环视整间画室，问道：“我说……要不要把这儿稍微收拾一下？”

我可不是好心，而是在故意挖苦她。

“收拾哪里？”

母亲显得很惊讶，张望四周，那表情仿佛在说，“这里已经很整洁了，哪里还需要收拾？”

“这里。”

书架上插着好几本上下颠倒的画册。放在收纳架上的石膏像脸朝着里面，背冲着外面。我受不了这样的景象，浑身难受，只想把它们都理好。这都是因为我从小接受的教育。

画室怎么会变成这副样子？因为你年纪大了？难道你已经放弃扮演“永远正确的母亲”这个角色，连自己定下的规矩都统统舍弃了吗，妈妈?

“少管闲事，别碰这里的东西。”

好好好。

“但有一句话，我一定要说。”我指着小桌说道。

母亲手上拿着一个圆形的调色盘，而桌上放着一个室外专用的方形调色盘。我一看就知道，这个调色盘已经被晾在这儿好几天了，因为格子里的颜料都干透了。插在桃子罐头里的那堆画笔上，也都沾着油彩。

“是谁跟我说，不用的画笔和调色板要定时清洗的？就这么放着真的好吗？”

话音刚落，她那不对称的假眉毛中的一道就竖起来了。

“谁说不用了？我在用啊，这些我都用的。”

母亲从罐头里抽出一支笔尖已经变硬的圆头笔，用它使劲去蘸方形调色盘里干裂的颜料。

我这才想起，我来这里是为了跟她说什么。

“你还记得你当年对我说过什么吗？”

母亲用瑟瑟发抖的手指拿起松节油，倒进调色盘，试图把颜料化开。我继续说道：

“你是这么告诉我的——没法把自己的生活收拾好的人就没有画画的资格，更没有活在世上的资格。”

握着圆头笔的母亲转向画布，却没有动笔。我不知道她到底要画什么，但画家绝不会在画布上涂抹不必要的色彩。

“你可别跟我说，你不记得了啊。”

母亲这句话成了我的紧箍咒，说我一直坚信着这句话也可以。无论我从事怎样的职业，这句话都在我脑中挥之不去。

母亲放下笔，转身看着我。她噘起嘴，脸上顿时出现深深的法令纹，嘴唇周围也出现了我从没见过的纵纹。我本以为她会连珠炮似的向我发难，没想到她竟向我投来恍惚的视线，喃喃道：

“你在说什么？”

你居然不记得了？我可是一直记着。

母亲视线的焦点总算落在了我的脸上，仿佛才看见我一样，她问道：“话说回来，你还在画画吗？”

“怎么可能。”

其实我还在画，会时不时画点水彩。因为工作的关系，我容易抽出上午的时间。慢跑后要是有空，我就会拿起画笔。

“怎么不去上学？”

“啊？”

事到如今，还提学校干什么？要翻旧账，数落我考不上美术大学吗？

“你今天怎么不去上学？”

啊？

“作业都做完了吗？美术大学最看重平时的作业了。”

我这才意识到，小充口中所谓的“母亲的病”究竟是什么病。

过了好久，我才鼓起勇气，问了另一个问题。这个问题是我必须要问的。

“……你知道我是谁吗？”

母亲皱起眉头，瘦削的脸颊微微抽搐。我一看就知道，她生气了。当年，她经常对我露出这样的表情，我总是偷偷地观察她。

“这还用问吗……你是……”

她大概想不起我的名字了，但自尊心极强的她拒绝承认这个事实。

“你是……我的……女儿啊……”

她在揣摩我的表情。她的眼神好像写满了恐惧与惊慌。

恐怕直到刚才，她才意识到我是她的女儿吧。

她全都忘记了。她把我想忘也忘不了的一切，统统都忘了。

“我去把杯子洗了。”

我扭头不再看她，也想不出别的法子，只能捧着托盘离开了画室。

母亲忘记了夏天的酷暑，没有闻到松节油刺鼻的气味，任汗水模糊了她的妆容，却还是不停地画着，画着与涂鸦无异的画。

我走到厨房，洗了杯子，哭了。

我感觉自己哭了好久好久。然而，透过开放式厨房的垃圾口看到的院子，依然沐浴着夏日午后那灼人的阳光。今天的天气，有如永固黄一般明媚。

少女跑过没有鲜花的院子，是那个留着童花头的女孩。

向日葵图案的连衣裙在风中飞扬。她的腋下夹着一本写生簿。她肯定在寻找夏天的花朵，好完成绘画班的作业。

我去母亲的卧室寻找她要在傍晚吃的药。卧室里也一塌糊涂。衣橱的抽屉都被拉开了，满地都是被她拽出来的连衣裙、围巾和头巾。而她睡的床，是带扶手和升降功能的护理床。

朴素的梳妆台一如十六年前。但母亲把她所有的化妆品都摊在了桌上。

镜子上贴着一张便条，是母亲的笔迹：

杏子 PM 2∶00

小充把我要来的事情告诉了她，于是她翻箱倒柜，找出像样的衣服穿上，说不定还拼命化了个妆，只为了掩饰自己的衰老。只为了让我承认，她跟十六年前一样，一点都没变。只为了让我觉得，她很正常，没有一丁点问题。

要不帮她收拾一下？但我转念一想，还是没动手。她当了这么多年的“个性女演员”，而这里就是她的后台休息室。就给她一点面子，假装什么都没看见吧。

我决定再去一趟车站前的超市，买些吃的回来。这是为了多做些菜囤在冰箱里——虽然我的厨艺并不算高明。还得买些用来抹花生酱的面包。再买点桃子，做一大盆糖渍桃子存着吧。

我端着水回到画室。一见到我，妆容已惨不忍睹的母亲便露出警惕的神色。

“我不吃药，脑子会不清楚的。”

“可这是五点要吃的药啊。”

母亲摇了摇头，说：“女儿来了，我得保持清醒。”

看来她又把我当成别人了。只见她扬起下巴，示意我看画布，对不是我的某人说道：

“快看啊，吉田小姐，我画好了。”

然而，画布上只有色彩斑斓的图案。淡红色、浅蓝色与黄色被涂成三根又粗又短的柱子。背景是绿色的。

我傻眼了，不禁往两侧扭头，细细打量这幅画。她想画的到底是什么？

“这画有什么含义？”

她脸上浓得过分的腮红，仿佛是作品大功告成的激动带来的潮红。她用指尖指着画布中央说：“这是我女儿，”一抹阴霾掠过她的眉间，“还没成人就去世的大女儿。”

我都好久没听母亲讲画了，于是决定顺着她的话往下问。

“她叫什么名字？”

母亲顿时一脸愁容。

“是不是叫蓉子呀？”

“对，蓉子。”

她画的是姐姐吗？母亲的解说还没结束，只见她将笔尖往右挪了一点，指向那根蓝色的柱子。

“这是……呃……”她“呃”了好几次，才用长舒一口气的语气说道，“小充。蓝色的是小充，我的儿子。马上就要结婚了。”

哦，原来前面那句话是指着正中间的红色柱子说的。

“那黄色的呢？”

母亲支支吾吾，嘴唇周围又冒出了皱纹。我本想帮她一把，却因为害怕她说出“这是我丈夫”而不敢开口。

这时，母亲说话了。她好像刚想起“这个人”的名字，语速很快，显得很激动。

“杏子。”

“杏子？”我这样回应她，应该没问题吧。

“嗯，杏子。我的小女儿，在美术大学上学。她以后也会跟我一样成为画家。”

能在她的想象中成为美术大学的学生，那也是很光荣的。不，老实交代吧，其实听到这句话，我很高兴。

接着，她指着背景中的绿色说：

“这是孩子们的爸爸，我的丈夫。你看，把他画在这儿多合适啊，因为他总是待在大家后面。然后啊，然后啊……”

母亲抓住了我的手臂。我从没见过这样的她。“吉田小姐”应该就是照顾她的护工吧，想必她平时就是这么跟人家说话的。家里只剩她一个人了，还上了年纪，身体也不好了……但她总算找到了可以说两句体己话的人。这么多年来，她一直都跟刺猬似的，时刻提防着周围，当然不可能向别人敞开心扉。

“这个小白点啊，是我家的猫，特别可爱哦。咦，它上哪儿去了……”

她环视画室，仿佛猫正在某个角落午睡。只见她噘起嘴，却又迅速恢复了原来的表情。这恐怕是因为她本想喊猫的名字，却发现自己想不起来了。

“是小眉眉吧？”

我话音刚落，母亲便双手捂嘴，两只眼睛滴溜溜地一转，简直跟小朋友一样。眼前这个人肯定也有过童年，有过这样的表情。

“呵呵，对，我一下子没想起来。”

母亲凝视着画布，显得无比陶醉。我问：

“那逸子阿姨在哪儿呀？”

“我？”母亲咻咻一笑，用少女般纯真无邪的声音回答，“我不是在这儿嘛！”

“谢谢你呀，老是麻烦你。”

母亲笑着对我说，那是她极少向家人展露的笑容。我明知那是给外人看的假笑，却还是礼节性地回了她一个微笑。她朝我鞠躬，我也朝她点点头。但直到我把脸抬起来，她还没直起身子。

这时，我又想起了一句酝酿许久的话。

我终于有了一家属于自己的店。那是一家夜店，八成会被你皱起眉头打上“低俗”的评语，但那是我拼命工作、牺牲自我换来的，有时甚至还要面临激烈的竞争。为了不成为你口中的低俗女人，我硬生生地让自己活成了刺猬，决不让自己的生活乱套。好不容易，我才有了今天。

可是最终我说出的却是另一句话，一句原本绝不可能从我嘴里说出的话。

“我下次再来。”

来时，天还热得仿佛这个夏天永远都不会结束。临走时，我却发现季节早已在不经意间变成了秋天。

傍晚的风凉凉的，有点冷。车站前的环岛的圆形花坛里，盛开的秋樱随风摇摆。

秋樱花丛中，站着一个身穿白色连衣裙的女孩，裙角开满了向日葵。不过那些向日葵都是水蓝色的。只是图案而已，不是真花，什么颜色都无所谓。

原来你一直都在这里啊。

我朝车站走去，少女跟在我身后。放学后没法跟朋友们一起玩，只能慢吞吞爬坡回家时，我也会用这样的步伐走路。

红日西斜，在月台上投射出一道道长长的人影。

我只有一道影子，却有人陪我一起等车。

对不起啊，一直把你扔在这里不管。

但我已经没事了。

上行列车缓缓驶入站台。然后，我独自走进了车厢。

来自远方的信

1

主题 / 回复：对不起。今天也要加班。不回来吃晚饭了。

正文 / 我带遥香回娘家住一段时间。不用回复了，也别打电话给我。

祥子把出国旅游用的旅行袋往铺路石上一放，抱稳怀里的遥香，按下门铃。母亲从格子门后探出头来，一看到她便问："哎，你这是在干什么？"

"让我在家里住两天吧。不，让我一直住在这儿吧。"

母亲拿起茶壶，往祥子专用的茶杯里倒茶，用不明所以的语气说道："我不知道你受了什么委屈……孝之知不知道你在这儿？"

"嗯。"

上新干线之前，祥子就给丈夫发了短信，发完立刻关了机。

“给，你带来的礼物，自己也吃点吧。”祥子在东京站买了盒蒙布朗蛋糕，说是带给家人的礼物。母亲一猜就知道那是她自己爱吃的东西，拿了一个给她，还顺便泡了茶。

“那你婆婆呢？”

“跟绘手纸[①]社团的人泡温泉去了，所以我才把日子定在了今天。啊……真好喝。茶啊，果然还是静冈的好。”

“还有心思品茶呢……跑完这一趟，你也该消气了吧？我们早点吃晚饭，你吃完就回去吧。”

遥香替祥子回答了她：“啊噫！”到了母亲耳朵里，这两个字大概变成了“我不干”吧。

“但我说了，怕是也没用……”

“嗯，我才不回去呢。”

“你爸要气死了……”

“关他什么事，是我们夫妻俩的问题。”

打开手机一看，有两个孝之打来的未接来电，但没有留言，因为他平时也不用这个功能。老婆都离家出走了，才打两个电话？这也太少了吧。

“就算他把电话打到这里，你也别让我接啊。”

祥子没说出孝之的名字，而是用了“他”这个显得生分的代词。

①即画信，由寄件人亲手绘上图案、写上简短内容的图文并茂的信。

现在的她，不是“江藤祥子”，而是出嫁前的“椎名祥子”。

“那怎么行……”

“我就睡原来那个房间。”

祥子结婚前一直住在这栋房子里，二楼有她的房间。带着孝之和遥香回娘家探亲的时候，一家三口也总是睡在那个房间里。

“啊，可是，二楼不是已经……你知道的。”

“什么？”

“给辰马他们住着呢。”

辰马是祥子的弟弟。事情是这样的——三个月前，他带着老婆住进了这栋房子。他们没办婚礼，只办了登记手续。辰马原本在东京当自由网页设计师，日子过得跟飞特族[①]没什么区别。现在他放弃了没有前景的事业，回来帮父亲打理自家的果园。毕竟，他老婆丽亚正挺着七个月的大肚子。

遥香已经睡着了。祥子把她和旅行袋都搬到了一楼的里屋。那是一间榻榻米房间，有壁龛和固定在墙上的佛龛。这个房间属于六年前过世的祖母。

跟奶奶问个好吧……祥子起身想给奶奶上香，却连一炷香都找不到。

① Freeter，以打零工和兼职来维持生计的人。

佛龛下面有一个很大的橱子。拉开两扇门，扑鼻而来的是收纳和服（或者神经痛药膏）的橱子的气味。那就是奶奶的味道。

橱里装满了木箱、纸箱和纸袋。除了盂兰盆节用的全套器具，剩下的基本都是没能装进棺材的个人物品。

为了找香，祥子把箱子和袋子都开了一遍。有一看就是便宜货，却被奶奶视若珍宝的戒指和项链。有一双木屐，是奶奶专门为祥子的成人礼准备的，无奈尺码太小，最后没穿上。还有装了一沓信的小盒子、死亡证明的复印件、奶奶在世时偶尔会拿出来翻一下的老相簿。

翻看这些东西，就像在窥探别人的隐私一样，总觉得过意不去。忽然，祥子产生了一种感觉——“我好像忘了什么东西”。她把那东西写在便笺上，用图钉固定在脑海的角落里，却想不起便笺上写的到底是什么。那个东西对她来说应该很重要。是什么来着……哎，现在可不是纠结这些的时候，得先上香啊。

祥子把箱子和袋子堆在旁边的壁龛里，查看橱子的深处。但还是一无所获。七周年法事才办完没多久，这未免也太过分了吧？祥子望着空空如也的佛龛下面，心想：在我心里，奶奶是个很好的人，可是母亲眼里的奶奶呢？她不止一次听到母亲向父亲抱怨奶奶的不是。如今祥子再明白不过了——恐怕在儿媳妇看来，世上压根儿就没有什么好婆婆。

啊，找到了。真是的，所有备用的佛具都放在只有十厘米高的狭窄的柜子里。

刚点上香，遥香就哭了。那明显是要吃奶的哭法。不行，不能给你吃。祥子从上个月——遥香满一岁零两个月的那天开始，给她断奶了。她拿起一个小猪脸形状的背包，冲向厨房。包里装着婴儿食物和餐具。

太阳落山后，父亲回来了。客厅顿时被紧张的气氛笼罩。

见到蹒跚学步的遥香，外公笑开了花。可惜好景不长，母亲刚说完祥子回娘家的原因，他就不吭声了。他总是这样，不会立刻开骂，只是摆出浅草寺仁王像（闭着嘴的那尊）似的臭脸，在脑海中推敲教训孩子时要说的话。就连祥子婚礼上的家长致辞，他也花了整整三个月才把稿子写出来。

救命稻草遥香呢？嘴里的煮南瓜还没咽下去就睡着了。祥子只能跟丽亚搭话，试图缓和一下气氛——上一次见到弟媳，还是在代替婚宴的家庭聚餐上。可惜两个人就是聊不来。聊得来才怪呢，丽亚才二十三，和祥子差了十多岁。

当父亲放下啤酒，改喝日本酒的时候，他的腹稿总算完成了，冷不丁地来了一句："你在想什么呢！"紧随其后的是老一辈的大道理。"男人当然要以事业为重了。孝顺婆婆，养育孩子，那都是女人的工作！"父亲平时很和气，挺好相处。可是跟他"讨论"问题，就好像跟外星人打交道似的，根本说不通。而且他完全没有倾听的意思。

“你有资格说人家孝之吗？东西收拾不利索，做菜也是结婚前临时抱佛脚学的。”

祥子原本做好了跟平时一样左耳进右耳出的准备，可娘家已经不是原来的娘家了。在弟媳面前被父亲当黄毛丫头教训，实在是太丢人了。她只能借口“要哄遥香睡觉”，逃回榻榻米房间。

祥子把遥香放在母亲提前铺好的被褥上，然后拿起手机。吃过晚饭后，手机响过一次，但她没看。肯定是孝之打来的。她的朋友大多成家了，不会在吃饭时给她发短信的。

主题/回复：回复2：对不起。今天也要加班。不回来吃晚饭了。

正文/我也知道自己有很多做得不好的地方。下次好好谈一下吧。我本想今天去静冈，可是工作太太[①]忙走不开。周六一定去。

祥子数了一下。一行十七个字，四行加四个字，总共七十二个字。[②]就这么几个字，一点诚意都没有。还有打错的。肯定是边

---

①此处为原文中孝之输入错误。

②此处为日文原文的字数。

干活边发的。还有，你就不知道要把“回复”删掉吗？[①]

周六？今天可是周三啊。气死了。从孝之的单位出发，打个车，买张新干线的车票，不到两个小时就能到这儿。吃晚饭的时候，祥子还等着他按门铃呢，还想象着丈夫准点冲出公司，大汗淋漓地站在门口的模样。

你就这么待我是吧？很好，很好。很好。很，好。谁要回你的短信啊，再发来我都不看了。你就在沉默的恐惧中颤抖吧。祥子本想干脆关机，转念一想，要是有朋友发短信问起，要狠狠发上一通牢骚。为了不吵醒女儿，她把手机调到了静音模式。夫妻俩的朋友圈有不少交集。

因为他们是这座小镇上的中学同学。初中三年级那年春天，孝之向祥子表明心迹，两人开始交往。答应孝之的时候，祥子装模作样地说：“那就从朋友做起吧。”可他并不知道她的脑海已经变成了教堂的壁画，放眼望去尽是翩翩起舞的天使。其实，祥子早就喜欢上了孝之。他是软式网球队的副队长，数学成绩很好。虽然他的脸长得有点像猴子，但那双圆溜溜的眼睛牢牢抓住了祥子的心。也就是说，祥子嫁给了自己的初恋情人。

“恋爱跟结婚是两码事。”

祥子三十多岁才结了婚。婚前，朋友和职场的前辈们总是这

---

①日本人觉得直接回复邮件不改标题是不太礼貌的行为。

么忠告她。如果这话是没结婚的姑娘说出来的，她也许不会放在心上，只当是价值观不同，听听就算。可惜劝她的都是已婚人士，这就让她很难受了。一有人说这些，祥子便不由得想：别向我传递负面情绪好不好！别把我拉进美梦破灭后的泥沼好不好！

如今，祥子结婚已有三年，孩子也出生了。现在的她觉得——恋爱和结婚，也许真的是两码事。

“一日不见，如隔三秋”的日子是短暂的，“住在一起，每天难为情地相视一笑”的时光更加短暂。

遥香刚出生那会儿，孝之还会提早下班回家给女儿洗澡。让他换尿布，他也不皱眉头。孩子半夜哭闹时，他会比祥子早一步起来，哄女儿重新入睡。可惜这样的日子只持续到遥香长牙。孩子一天天长大，丈夫回家的时间也一点点变晚，直到无限接近深夜。孝之表示：“我总不能一直跟上司说‘我要回去给孩子洗澡’吧……”他的上司是一位比他年长的单身女士。是上司重要，还是老婆重要？你当初这么积极，只是图个新鲜吧？新鲜劲儿过了就原形毕露了？

孝之总不在家，婆婆来得却很勤快。婆婆也住在东京，而且离祥子的住处只有两站。为了女儿的健康，祥子总是狠下心肠，不给她吃甜食。可婆婆每次来，都会带上一堆零食，偶尔还会带来过时的手织毛衣，用的毛线还特别扎，遥香一穿就不高兴。公公去年去世后，婆婆变本加厉，每周都会来一趟。

“祥子啊，给孩子吃的东西不用太讲究。孝之还不满一岁的时候，我就开始喂大人的东西给他吃了。”

所以你儿子才会觉得家庭餐馆午间套餐赠送的例汤，比老婆炖三小时的浓汤更美味。

“出门的时候就别抱着了，还是背着吧。前些天电视上说，背孩子能陶冶情操呢。”

我倒想问问你，是怎么陶冶儿子情操的，以至于培养出了一个用脚把脏袜子推到沙发底下的男人。

“听说喝这种茶对身体不好。”“把镜子的位置挪一挪吧？那边是鬼门。”“把厕纸折成三角形吧，给女儿树立一个好榜样。”

烦死了。

电视剧里经常出现“婆婆用手指擦灰”的桥段，但现实生活中的婆婆才不会弄脏自己的手指呢——她们会用孙子的手指做这件事，“哎呀，小遥香你看，这里脏死啦。”

跟孝之抱怨，得到的也只是一堆袒护母亲的辩解。要么说：“不会一直这样啦。我爸刚走，她一个人太寂寞了。”“因为她跟我嫂子处得不好嘛，说是跟你更合得来。”要么就干脆岔开话题。你又不是老大，到时候可别头脑发热，主动提出把她接过来住。

男人果真是完成传宗接代大业就离群的雄性动物吗？我也想出门啊——祥子在婚后搬来了东京。起初，她在房地产公司做行政工作。因为干得不开心，也不好意思只做了一年就请产假，在孩子出生的时候辞职了。从那以后，每当在憋屈的小公寓里哄哭个不停的遥香，她就会情不自禁地产生这样的念头：就在那个公司也行，好想回去上班啊……

农家的夜晚来得特别早。十点一过，一楼便鸦雀无声了。祥子只能听见从二楼微微传来的 X Japan[1]。

反正现在也不用喂奶了，要不偷一罐冰箱里的啤酒喝喝？就在祥子思忖的时候，手机亮了，还轻轻振动了一下。肯定是孝之发短信来了。

祥子原本还抱着一丝期待，希望出现在屏幕上的是“我到车站了，十分钟后到你家”。可事与愿违。期待他发这样的短信过来，真是太傻了，更何况发件人根本就不是孝之。这条短信来自一个陌生的地址。

主题 / 日渐炎热

正文 / 最近可好？我也安好，每天都精神百倍地执行任务，请务必放心。只是无论身在何处，脑海中都会时刻浮现出你的倩影，着实煎熬。我不久后将调任至[redacted]，近期恐无法联系。母亲有劳你照顾了。记得发孩子的照片给我。

---

①日本著名的重金属乐队。

这是什么？垃圾短信？

祥子重读了两遍才明白过来：不是垃圾短信，肯定是孝之发的。他意识到，发件人那栏一旦出现他的名字，祥子就不会看了，于是改用公司的电脑发了。

居然蠢到这个地步？他是不是以为，只要用一板一眼、跟写信一样的语气发短信，就显得有诚意了？自作聪明，适得其反！这是他用来笼络我的玩笑吗？不好意思，我觉得一点都不好笑。

调任？他们单位正式决定把他从总务兼销售部门调到编辑部门了？孝之在一家出版社工作，但祥子以前从没听说过这家出版社的名字。《VERY》[①]不是他们的，《小鸡仔俱乐部》[②]也不是他们的。换句话说，孝之的工作单位无异于中小企业。虽然祥子不是冲着他的工作单位才嫁的，可她多少还是有些失望。

那一串符号肯定是乱码，估计他用了只能在电脑上显示出来的特殊文字。他很少用表情符号，没想到会变成这样。孝之用的手机里也有些不通用的表情符号，发到祥子这儿就成了“=”。祥子跟他提过这个问题，建议他换和自己同一个运营商的手机，但孝之不同意，坚持说那家的信号不好，还对她讲了一堆逻辑清晰的大道理。

---

①时尚杂志，受众多为30多岁的女性读者。

②育儿杂志。

直到五年前，孝之还是电机厂商的系统工程师。不知为什么，他莫名其妙地跳槽去了出版社。祥子不了解这两个行业的情况，可是连她都觉得这个做法太鲁莽了，很容易就能猜出新东家到底想招孝之进去干什么。

你不懂。女人不想听什么大道理，只要你说一句“好啊”就够了。

祥子本来不想回的。也许是因为房间里摆着佛龛吧，连她的心都受到感化似的变得慈悲起来。她故意保留了“回复”，回了她能想到的最简短的话。

主题 / 回复：日渐炎热

正文 / 无聊。笨蛋。别回了。

2

祥子跟平时一样，把遥香的哭声当作闹钟。这孩子有点敏感，尿布一湿就哇哇大哭。这毛病肯定是随了她爸爸。婚前，祥子觉得孝之虽然愣头愣脑的，但优点是不计较细枝末节。住到一起以后，她才发现这个男人还挺难伺候的。

“味噌汤里不能放南瓜吧？”“这道菜的味道是不是太重了？”“你能不能别在我换尿布的时候说‘今晚吃咖喱’啊？”“我穿不

了一千日元三双的便宜袜子，会痒。”……有本事你自己做啊！穿不了就把袜子藏在沙发底下算什么？

换完尿布，遥香又睡着了，祥子却彻底没有了睡意。五点刚过，要不奢侈一把，睡个回笼觉？还是起来喝杯咖啡？就在她犹豫的时候，厨房传来了切菜声。对了，农家的“早晨”可比平常人家早多了。

乡下房子唯一令人羡慕的地方就是大。正在厨房忙活的是丽亚。昨天的她眼睛大而有神，是双眼皮，可是此时此刻转过来的那张脸上，竟是略显浮肿的单眼皮。天知道她在自己脸上动了什么手脚。

“早。做早饭呢？真是辛苦你啦。”

这几天还算好的。到了收获的季节，每天都是天不亮就开始干活，休息的时候才能吃上早饭。聚餐的时候，丽亚长长的指甲上还抹着红色的指甲油。可她现在把指甲剪短磨圆了，也没有涂甲油。年轻就是好啊，即使不涂甲油，指甲的颜色也是粉粉的。

丽亚把杏色的头发扎在后脑勺。只听见她用寡淡的声音回答：

“说好了的，早饭我负责。”

“刚开始肯定很不习惯吧？四点半就得起？”

“嗯。”

要说当主妇的时间，当然是祥子更长一些。在她这个前辈看来，丽亚切出来的萝卜丝还不够细，但人家好歹在用海带和木鱼花熬高汤。年纪轻轻能做到这样不容易。我平时都是用速溶汤包呢。

“要我帮忙吗？”

“不用了。”

“别客气嘛，需要我做什么？”

“呃，真的不用了。”

真够顽固的。啊，是不是因为昨天爸爸当着她的面数落我厨艺不精，所以她怕我坏事？

“要不我做个椎名家祖传的鸡蛋烧吧？你学过做法没有？”

杏色发髻上的头发左右摇了摇。

“你要是有兴趣就记一下吧。放心，我一个人做，味道好坏也全由我负责，这样总没问题了吧？”

祥子本想借用母亲的围裙，找了一圈却没找到。母亲也没有出现在厨房。丽亚说她在外面，祥子把头探出后门一看，只见母亲正弯腰站在柴犬栗助的狗屋旁边。栗助一直是养在外头的。母亲并没有要去遛狗的样子，也没喂它，只是无所事事地摸着它的脖子。她还不到六十五岁，却是一副老太婆的模样。她穿了一件特别花哨的Captain Santa牌T恤衫，颇有些要和丽亚一争高低的架势。祥子却觉得这件衣服散发着失去主角地位、不得不走下舞台的老女星的悲凉。

祥子穿上母亲的围裙，回到厨房。围裙有点紧。装着味噌汤的锅咕嘟咕嘟冒着泡。忽然，她瞥见木鱼花还在沸腾的水中翻滚。

“天哪，你到底会不会熬高汤啊！”

这句话脱口而出。祥子简直不敢相信这么刺耳的话是从自己嘴里蹦出来的。丽亚的单眼皮眼睛瞪得大大的。

“啊？”

“木鱼花不能在水里煮太久。啊，海带也是。”

“是吗？我还以为煮的时间越长就越鲜呢。”

“才不是。煮第一道高汤的时候，水一开就要把这些东西捞出来。三十秒就够了，最多一分钟。”

妈妈没说过她吗？只要尝一口，就能吃出问题啊。莫非她是想睁一只眼闭一只眼，等丽亚自己恍然大悟？在曾经的女主角看来，功夫不是教出来的，新人只能靠自己想办法偷学吗？话说回来，“椎名家祖传鸡蛋烧”也是奶奶教的。当时奶奶还说：“这个鸡蛋烧的做法，我连嘉代子都没教过呢。”历史总是在不断地重复。

祥子大概觉得刚才说得太狠了，就用分外温柔的口吻换了个话题。

“以后肯定要把这栋房子改成双户住宅[①]吧？”

“嗯，天知道要等到什么时候……种梨好像也赚不了钱。”

“不过，分家这事还是越早越好。我爸妈还挺难对付的吧？”

“这个嘛……他们已经比我爸妈好多了。而且我无论如何都能

①三代人同住一栋房子，但厕所与厨房是两户分开使用的，保持一定的独立性。

比他们活得久呀。”

这是要长期作战的节奏啊。这姑娘的心理素质不错。她才二十三岁，只要能在不远的未来掌握这个家的实权，就能稳住地位。

在鸡蛋里加些菠菜，是奶奶教的秘方。因为不是“高汤鸡蛋烧”，通常是可以省略高汤的，不过祥子还是加了一些丽亚刚熬出来的、木鱼花味儿特别重的味噌高汤。丽亚用余光观察着祥子的每一个步骤。忽然，她冷不丁地问了一句：

“姐，你要离婚吗？”

“啊？怎么会……”说实话，祥子并没有考虑到这一步。

丽亚臃肿的眼睛此刻竟显得分外犀利。

“你不会在这儿住下吧？”

“怎么可能啊……”祥子舔了舔调好味的蛋液，说道，“不会的不会的，不会啦。”

祥子拼命地摆动双手，心想，我已经无家可归了。

片刻后，她忽然想起了昨天在佛龛底下找东西时掠过脑海的，那个被她遗忘的东西。

“哎，你知不知道我的桌子在哪儿？是不是在储藏室啊？”

“桌子？”

“嗯，原来放在二楼的。有点像电脑桌，也有点像梳妆台，说书桌也成，就是张破旧的木头桌子。”

今年元旦回来的时候，桌子还放在老地方。那是祥子在本地念短期大学时买的。每次回家，她都会跟家里人说：“可以把它处理掉了。”但舍不得扔东西的母亲一直没动它。祥子又不好意思去问母亲，免得听她用奚落的语气说：“我就知道会这样，还好没扔。”

“啊，是不是那张抽屉上贴着老土大头贴的桌子？”

“对对对！”要是不说“老土”这两个字就更好了。

“还放在房间里呢。”

“啊？可我的房间不是你们俩在用吗？”

“嗯，我们搁在起居室了。”

妈呀，这下完了。祥子撂下鸡蛋烧，冲向二楼，却在楼梯中间撞上了一身睡衣的辰马。

“哟，早啊，姐。”

“我去一趟我的房间。”

“啊？你是说我们的起居室吗？”

这栋房子的二楼是后来加盖的，只有两个相连的房间。面朝楼梯口的是辰马的房间，房门敞着，里头摆着一张小小的双人床。

靠里的那一间曾是祥子的房间，现在已经大变样了——窗帘和简易衣橱都是粉色的。靠垫上印着凯蒂猫的脸，还长了一对猫耳朵。祥子简直无法想象留着稀疏胡须的辰马怎么在这样的屋子里生活。大红的双人沙发肯定也是丽亚挑的。过不了多久，你们就会后悔买双人沙发和双人床了，尤其是在吵架的时候。

电视柜上放着一台与房间极不协调的大彩电，估计是长辈买给他们的。祥子的桌子就放在电视机对面的墙边。桌上摆着鱼缸，缸里养了几条热带鱼，看着就像用荧光笔上了色的鳉鱼。

这时，祥子听见楼梯那边传来脚步声。辰马回来了。大概是丽亚跟他说了什么，他一开口就辩解道：

“用这张桌子放鱼缸是不是不太好啊？不好意思，因为它的尺寸刚刚好……”

“没关系，我只是来找东西的，你不用守在这儿。还有，你就不能不挠屁股吗？”孝之也有这个毛病。每天起床走出卧室的时候，他必然会把手伸进睡衣挠屁股和胯下，仿佛按照工作手册要求在做一样。不难想象，等遥香长到一定的年纪，肯定会尖叫：“别用你的脏手碰我！”祥子不禁提醒他：“起来了就赶紧把睡衣换掉吧。别以为结婚了就不用在意形象，小心被你老婆嫌弃。”

确定辰马走远以后，祥子拉开了最下层的抽屉。里面装满了热带鱼的鱼食和喂养工具。她伸长胳膊，去够上面那个抽屉的底板。

老天保佑，千万别丢了啊……祥子连手肘都伸到桌子里了。就在这时，她摸到了。胶带这东西还真耐用。她把钥匙贴在了抽屉的底板上——这把钥匙能打开最上面那个带锁的抽屉。

她把钥匙插进锁孔，拉开抽屉。怀念与霉味填满了她的胸口。抽屉里，装着厚厚一叠信。

二十年前，祥子与孝之的青涩恋情因为意外的变故戛然而止。在造纸公司工作的孝之爸爸被突然调走。于是元旦刚过，他们一家就搬去了东京，都没等孝之初中毕业。

祥子哭了好几天。至于孝之有没有哭……她就不知道了。

当年手提电话只有从事某些见不得光的特殊职业的人才有。放在客厅的电话不能用，毕竟父亲坚信自家闺女只有十五岁，不可能交男朋友。一打电话，就有可能被他听见。而往返东京的新干线车票，要花掉她整整半年的零花钱。对一个晚上七点前必须到家的初中女生而言，信是维系初恋的唯一手段。

她写过多少信？又看过多少回信？翻来覆去看了多少遍？

祥子迅速把抽屉里的信拢到一起，速度之快堪比入室行窃的小偷。她用围裙把信裹好，正要撤退，辰马居然又回来了。

“你怎么还在啊！”

祥子弯下腰，用双手捧着围裙的衣角说道。

“呃，这是我们的房间啊……”

“啊……对，打扰啦。”

“你不是让我把睡衣换掉嘛。”

于是他换上短裤和T恤来见祥子了。只见他举起一只手，手指对着半空，横着走了两步。貌似是某种舞蹈，也不知他模仿的是哪个艺人的表演。

“别强行装年轻了，你也三十一了吧。”

“对了姐，说起桌子，那里头有……”

他发现藏在桌里的信了？虽然他应该不会擅自看信（因为他对姐姐不感兴趣），可被人知道自己还留着那些信，真够丢人的。好在辰马拉开的是第二个抽屉。

“给。里头说不定还有些资料，没法扔……”

他拿出了一部老手机。那是祥子结婚前用的，手机上还拴着本地吉祥物的挂饰，现在看看还真有些难为情。

“那我先走了。”

祥子保持弯腰的姿势，一把抢过手机。

“这鸡蛋烧是谁做的？”

父亲这么一问，丽亚缩起脑袋，向祥子投来求援的眼神。祥子像说好的那样举起一只手回答：

“我——”

“你的厨艺还是那么糟糕。”

气死了。这道鸡蛋烧的味道应该还不错。他大概是嫌它不够咸，也不够甜吧。椎名家的鸡蛋烧要放很多糖，酱油也得加足。但祥子做的是更新潮的无糖少酱油版，这是孝之喜欢的。

二十年前，祥子和孝之的通信频率是每周一封。祥子恨不得每天都写，无奈中考还没结束，而且她知道孝之不是那种勤于写字的人，只能忍着。

后来，他们一个上了东京的高中，一个进了静冈的高中。渐渐地，通信频率变成了两周一次。第一次期末考试过后，成了一个月一次。

到了秋末，祥子等了整整两周，都没等到本该在一个星期前到来的回信，于是又提笔写了一封。

算啦。不好意思，给你添了那么多麻烦。这是我写给你的最后一封信，你就放心吧。

她之所以这么写，是发现孝之经常在信里提到一个女生的名字，貌似是他的同学。

在东京重逢的约定，最终也没能实现，虽然祥子已经攒够了当天往返的车票钱，也攒够了买圣诞礼物的钱。

直到四年前，祥子才在初中同学会上再次见到孝之。这场同学会是为了纪念大家步入而立之年，祥子压根儿没想到孝之会来。听见有人跟自己打招呼，她回头一看，惊得脚下一软，险些把高跟鞋的鞋跟踩折了。那双鞋有七厘米高，她平时很少穿。

十五年过去了。有些同学变化很大，判若两人，但是在祥子眼里，孝之几乎一点都没变，只是脸颊上的青春痘不见了。起初他们说着不痛不痒的套话。在那天的同学会上，大家都会问这些。

“江藤同学结婚了吗？有孩子了吗？”

“没呢，我还单身。”

“我也是……”

一旦意识到双方都还没结婚，气氛立刻尴尬起来。话虽如此，同学会上并没有发生任何事情。因为跟以前一样不懂察言观色的惠美插了进来，孝之又一瞬间被男生们组成的小圈子吞没了。祥子原本有些犹豫要不要续摊，但最后还是去了。可惜半个班的人都去了同一家卡拉 OK 厅，两个人一直隔得老远。

第二天，祥子去了趟车站大楼。因为一只高跟鞋的鞋跟真的松了，她想趁盂兰盆节的假期还没结束，找人修一下。谁知一到那里，就碰到了正要回东京的孝之。那一刻她从心底里觉得，命运红线的传说还是可以信一信的。事后，孝之说过这样一句话：“看来每个人都会碰上一两个小奇迹。”

他们利用开往东京的新干线发车前的宝贵时间，找了家咖啡馆，相互汇报这十五年来的经历，还交换了电话号码和邮箱地址。

不同于十五年前，现在两个人都有手机。去高档餐厅吃一顿的钱，就够买新干线的往返车票了。而且只要对家里说“我要跟朋友一起出去玩”，祥子就能在东京住上好几晚。十五岁时，他们只能在傍晚时分的公园里偷偷牵个手。祥子在第三次去东京的时候，和孝之在入住的酒店迎来了清晨的阳光。

于是，祥子的第二次远距离恋爱修成正果。两年后，他们结为夫妇，祥子搬去了东京。

祥子把信藏在旅行袋的最深处够遥香用好几天的尿不湿下面。她可不敢看，太吓人了。那些信不光有孝之寄来的，还有不少祥子写了却没寄出去的。毕竟她当时只想天天给孝之写信。她想趁自己住在娘家的时候，找机会把信烧光。

至于老手机，她向辰马借了个充电器。一充上电，它就复活了。她虽然有些害怕，却还是在好奇心的驱使下打开了手机。父亲和辰马去离家有些距离的果园了，母亲和丽亚出门买东西去了，遥香也睡着了，她一个人待着实在无聊。也许是因为此刻的她特别渴望甜言蜜语。最后一批短信是快结婚那会儿发的。无论是收件箱还是发件箱，都是清一色的“孝之”。

主题/回复：马上到东京站了。离你还有 15 分钟♡

正文/谢谢你今天大老远到东京来。能收到你的圣诞礼物，我真的好开心。我会好好珍藏的。我一定会珍藏一辈子的。夏天也要裹着这条围巾。希望过年的时候能抽出时间去你家提亲，可我现在还不确定能不能请到假。这个新公司休息日也有人上班。谁的电脑出了问题，都要我去弄。

“我一定会珍藏一辈子的”，我呸。孝之的围巾早就更新换代了。我送的那条已不知所踪。不过嘛，“这围巾都皱得一塌糊涂了，还是换掉吧”，这话倒是我亲口跟他说的。本以为他会记得当初的承诺，说：“不行，这围巾不能扔！”谁知他二话没说就同意了：“哦，也是。”你知道吗？这句轻描淡写的话，直到现在我都记得清清楚楚。

不过话说回来，他当年发短信的时候用的也是汇报工作般的口吻。不把“回复”删掉的习惯也不是最近才有的，只是我原来不会放在心上罢了。反而是“回复”后面跟的那串兴高采烈的文字，叫人看着怪难为情的。

哎，看这个日期……这条短信应该是求婚的第二天收到的。

主题/回复：你真的要选我吗？我会是一个好太太吗？

正文/还用问吗？我可是认真的啊。我想跟你过一辈子。虽然我买不起太贵的戒指，但我的心意有一百克拉那么大。

噗噗噗……都能听见鸡皮疙瘩冒出的声音了。我就不该看的，一点都不像我们两个人会说出来的话。话说这个叫祥子的女人还真是讨厌。“你真的要选我吗？”隔着新干线的门跟男朋友挥手道别后，你不是还在座位上攥紧拳头，轻声欢呼，还学着修女的样子双手合十了吗？

“祥子”的已发信息都还在，可祥子没勇气看了。嗯，遥香的纸尿裤有点臭哦。

这阵子遥香的便便越来越臭了，因为她吃的东西越来越接近大人的。谁都没法当一辈子的小天使。祥子一边给女儿换纸尿裤，一边感慨：我怎么跑到这么远的地方来了，比东京到静冈远得多。忽然，她觉得胸口一热。啊，还没回掉的奶水又渗出来了。

遥香昨天一看到外公的脸就哭起来，今天却乖乖坐在外公盘起的腿上，两只小脚欢快地摆动。天这么热，父亲却穿着祥子过年回家时带给他的七十岁生日礼物——一件长袖衬衫。这不，袖子上全是遥香的口水。

父亲真够势利的。昨天还顶着一张像便秘的狮子的臭脸，小外孙一出马，他就笑成了水族馆里的鳐鱼。喝了日本酒的父亲甚至说出“你干脆别回去了”这种话，然后数落起了孝之。

“孝之这孩子，是有点不太爽快……”

嗯嗯，继续继续！祥子起初是这么想的。然而……

“第一次见他的时候啊，我就觉得他靠不住。”

“一个大男人，不稳重点儿怎么成。你当初要是选了消防队的正幸，哪会有这么多事儿……”

祥子越听越窝火。敢情这不光是孝之的错，还怪我自己眼瞎，挑了个这样的男人当老公？你虽然是我爸，可你有什么资格说孝之不是个好老公？你给我和辰马换过纸尿裤吗？孝之让我别在他换纸尿裤的时候提咖喱，可他一边换，一边用自嘲的口气说："哎哟，肉末咖喱！"要我说，他可比你有男子气概多了。

于是父女俩又吵了起来。祥子只能带着从冰箱里拿的两罐啤酒，再一次早早撤回榻榻米房间。

一肚子的火气，外加阔别已久的酒精，给了祥子拿出那叠信的勇气。她本想趁今天下午去草莓暖棚后面烧信，反正草莓都采完了。可是母亲和弟妹买完东西回来后，她一直找不到机会独处。而且真让她烧，她又有点舍不得了。

当然，祥子的生命中也有过别的男人。在孝之之前，她还谈过两场比较认真的恋爱。至于这个数字比平均数高还是低，她就不清楚了。每次失恋，祥子都会把前男友的照片，还有他们送的礼物扔光。唯独这些信一直留到了今天。毕竟她当年并没有"失恋"，而且她也想通过这些信，记住自己曾有过这样一段青葱岁月。

寄给孝之的信封和信纸，都是祥子特意去大老远的大型文具店挑的，每次都要纠结半天。可孝之用的永远是当年家家户户都有的标准信封，外白内紫。信纸嘛，永远都是Campus[①]的活页纸。

祥子放下第二罐啤酒，用遥香的口水巾擦了擦指尖。每个信封上，都写着"椎名祥子 收"这几个字，她拿起其中一个。二十

①日本国誉集团旗下的品牌。

年过去了，纸张几乎没怎么变黄，信封的四角也都还挺括。因为祥子总是轻拿轻放，小心翼翼得跟刑侦片里处理物证的鉴定人员差不多。如果真有变皱的信，那也是因为她开心得把信紧紧抱在了胸口。

“打开看看吧。”明明早就下了决心，还是把这句话说出了声。

遥香正开心地啃着辰马给的凯蒂猫塑料玩偶，不用祥子操心。她跟当年一样，用指尖轻轻捏出信封里的活页纸。光是这样就让她心跳加速。上一次看这些信是什么时候的事了？遥远得都想不起来了。

令人怀念的文字映入眼帘。他的字往右上方略微歪斜，看上去有点笨拙。现在也是这副样子。

高中生活怎么样？开心吗？至于我嘛……你也知道我没考上都立，只能上私立了。唉……决定参加哪个社团了吗？还是铜管乐队吗？你那么有音乐天分，乐队应该很适合你吧。嗯——好想去听你演奏啊。我想放弃网球社，改去足球队。我可不是受了J联盟的影响哦。当然，我最支持清水鼓动队[①]！

咦，这就是孝之写的信吗？这文笔也太差了吧。怎么记得信

---

① J联盟于1991年成立，清水鼓动队从成立之初就是联盟的球队。

里有很多甜言蜜语呢？莫非祥子的大脑在少女情怀的作用下擅自润色、补充了信的内容？也许她当年反反复复看的，都是自己编给自己的信。

她又拆了几封信，却发现内容大同小异。男生从初三到高一这段时间，基本都是蠢蛋。

翻着翻着，她读到了这样一封信。

我最近开始看书了。太宰治，筒井康隆，村上龙。你信吗？我居然在看太宰治。但是，我一看书就会有种刚吃完饭的感觉。不对，这么说还不够，是吸收了很多营养的感觉。自己写大概是没戏了（看我写的信就知道了），但我觉得做一个“做书”的人还是有希望的。说真的，我以后想去出版社工作。

还有这回事？孝之的信，祥子原本倒背如流，不知不觉中，她竟把信的内容忘光了。她本以为孝之是受不了电机厂商的工作，才随随便便找了个新东家。孝之应该也没有当面说过“在出版社工作是我十五岁时就有的梦想”。他跳槽前后的工作内容其实并没有区别。

二十年前的我和孝之会如何看待今天的我们呢？我当年的梦想是什么来着？反正肯定不是成为带孩子的家庭主妇。

写信可以随心所欲，但人生不行。父亲喝的啤酒，也在不知不觉中换成了便宜的发泡酒。这恐怕是因为辰马带着丽亚逃回来了。

祥子下定决心，明天四点半起床。她不能再像原来那样，一回娘家就天天睡懒觉，饿了就问母亲什么时候开饭。这个住着弟弟和弟妹的地方，已经不是祥子熟悉的娘家了。

还不到十点半。对一个带着婴儿的妈妈来说，六个小时的睡眠足够了——祥子知道自己贪睡，便反复暗示自己。就在她设定手机闹钟的时候，画面上突然蹦出了收到新信息的提示。

又是那个神秘地址发来的。看来孝之还在工作。措辞比昨天那条更奇怪，语气也更刻板，而且通篇都是难懂的汉字，看起来反而更像书信。

主题/凉意阵阵

正文/你我天各一方，但求你日日安好。我有愧于你，让你受了那么多苦楚。不必担心我，我在努力拼搏，尽管放心。到了[redacted]月，我就要奔赴[redacted]了。在局势日渐紧张之时，男儿更当恪尽职守，为国捐躯。话虽如此，我还是会想：要是能亲手抱一抱我的骨肉，那该有多好。请你务必珍重身体。

为国捐躯？你什么时候有这么高的觉悟了？该不会是你们出版社被什么奇怪的组织收购了吧？还是说你负责的书正好与历史

有关？连自己的小家都保护不了，还想保卫国家呢……干吗为了工作拼命，不是还有比工作重要得多的东西？

祥子犹豫了一会儿，还是决定陪孝之把这个奇怪的游戏玩下去。她觉得，孝之说不定在暗示自己，想再和她书信传情。

主题 / 凉意阵阵（这说的到底是什么时候啊？）

正文 / 我好着呢。静冈的天黑得早，亮得也早。

想抱孩子，那就把其他的事情都放下，速速回来。

用不着你拼命。

只要小命还在，还要什么呢。

3

第二天，祥子四点五十五分起床了。不起就罢了，一起来，她就被拉去果园帮忙。梨的出货时间要看品种，早熟的品种是下个月开始采摘。草莓一般是五月采摘。实不相瞒，祥子就是为了不干农活，才特意在七月初回娘家。她比原计划多睡了二十五分钟。起得更早的父亲已经收拾完，穿上了工作服。

“今天吃早饭之前要套袋子。反正你闲着也是闲着，就来搭把手吧。”

套袋子——祥子从小到大不知帮家里干过多少农活，她很清楚这活有多累。关键是受累的不是四肢，而是脖子。话虽如此，丽亚都说要去帮忙了，祥子怎么好意思不去呢。

七月的太阳是如此猛烈，一大清早就刺得眼睛生疼。祥子抹了厚厚一层防晒霜，再戴上农妇的标配——形似“草帽加围巾”的工作帽。她今天的任务是伸出手，给梨架上还没多大的梨挨个儿套上蜡纸袋。

梨架是铺在梨树上方的钢丝架子。它能支撑梨树的枝条，防止大风把树刮倒，方便农民养护和采摘。不过每座梨园的梨架高度都会有些微妙的不同。说白了，梨架的高度是根据梨园主人的身高设定的。梨园的梨架很低，不免让人感觉憋屈。

祥子跟父亲差不多高，不至于太难受，只是难为了辰马。他在身高这方面一点也不像自己的父母，头都快碰到梨架了，只能缩头缩脑地干活。不过这梨架总有一天是要抬高的。

母亲踩着梨园妇女人手一双的泡沫塑料厚底鞋。身材娇小的丽亚竟挺着七个月的大肚子，穿上了专为这个时刻准备的高跟凉拖。旁人看着都替她捏把汗。遥香兴致盎然地望着蝉蜕。那可不是磨牙饼干哦，不能吃的。

炎炎夏日，而且一直保持着仰头的姿势，额头冒出的汗径直流入两只眼睛，眼睛充当了排水口的作用。呜呜……好疼。嘶……脖子也好疼。逃回娘家的日子也不好过啊。孝之，快来接我。

早饭是今天的第一次休息。送父亲他们回梨园之后，丽亚便叫苦不迭："我受不了了……"祥子也跟她心有灵犀，两个人拖拖沓沓地洗了碗。给遥香换纸尿裤的时候，她想到孝之应该已经去上班了，一时没忍住，主动打了个电话过去。

"喂，你到底什么时候来啊？"

"哎？我不是说了吗，明天一定过去。"

"你来了也没用，我是不会跟你回去的。"

"别啊……"

"你就不能给我打打电话吗！"

在短信里再三嘱咐让孝之别打电话的明明是自己。祥子的那枚任性的炸弹瞬间被引爆。因为她没法在别人面前使性子，娘家的亲人也不行。

"不是你让我别……"

"你不是每天晚上都发奇奇怪怪的短信过来吗？十点在我们这儿已经是深更半夜了！"

"短信？"

"语气也怪怪的……"

"你在说什么？"

"啊？"

"我这几天晚上没给你发过短信啊。"

祥子死死盯着手机屏幕。现在是晚上十点多，她有一种预感，那不可思议的短信一定会再来的。

十点二十五分。那个表面泛着光、薄薄的、形似长方形牌位的手机缓缓抖了一下。

祥子屏住呼吸，又抬起肩膀深吸一口气，才战战兢兢地伸出手指。

文字出现在手机屏幕上。

主题 / 梅莺时节

正文 / 昨日我被调到了[redacted]兵团。即将打响的[redacted]之战只有两种结果，若非大胜，便是惨败。因此这可能是我写给你的最后一封信。为国捐躯乃男儿本色。然而激昂之余，我总会想起你与尚未得见的孩子，甚至会产生大逆不道的念头。即便沦为众人口中的[redacted]，也想活着回到你身边。如果这场战争[redacted]，那就和你、和孩子永远过[redacted]的日子吧。我们还要生很多孩子，要开开心心地过日子。在那之前，就让我们暂且别过。

祥子盯着沐浴在朦胧光亮中的景象，久久无法移开视线。黑暗中的亮光烘托出握紧的手指的轮廓，也照亮了祥子惨白的脸。

她打开房里的灯，望向壁龛。父亲真没冤枉她，她的确不会收拾东西。片刻前，她才发现有一个从佛龛下面拿出来的盒子忘了放回原处。

那是一个形似食器的漆盒。祥子打开盒盖。前天找东西时，她随随便便打开了这个盒子，又立刻把它关上了。里面装了许多信。

其中几封已经褪色了。寄信人有男有女，名字前面都是奶奶出嫁前的姓氏。那肯定是奶奶的亲戚寄来的，里面大概写着对她来说很重要的事。还有一封特别新的，信封上印着卡通人物，显得与周围的格格不入。那是祥子小时候在某年敬老节心血来潮写给奶奶的，没想到她还留着。压在最下面的，是用塑料袋精心包裹的一叠明信片。

不对，那都是信封，只是尺寸跟明信片一样而已。

祥子拿起其中一个。本该贴邮票的地方，盖着一个形似落款的章，是四个汉字组成的，一行两个字，字体显得特别古老。她端详了好一阵子，才认出那是“军事邮件”这四个字。章的正下方还有三个红字——“已审查”，外加负责人的章。

写在信封上的地址，用的是和现在不一样的老门牌号，地址旁边是——

椎名静子 收

那是奶奶的名字。

而寄信人的地址看着更像“所属单位”，某某派遣团、某某部队的某某队。后面寄信人的姓名是——

椎名正男

祥子没见过这个人，却很熟悉这个名字。

明信片大小的信封并没有封口，也许是故意设计成没法封口的样子。里面的信纸折成三折，一拉开就能看到字，像是在往返明信片[1]上多加了一页纸。信上还印着一张画风特别古朴的图。图中的景色不是日本的，一看就是亚洲某个地方。

画的周围写满了文字，仿佛寄信人嫌这画碍事一样。

写在寒风侵肌之时

先向你拜个晚年。今年也请多多关照。我在[redacted]得知你在正月三日产下一子，母子平安，不禁欢喜雀跃。原来“欢天喜地”形容的是这种感觉啊。儿子的名字，就用我们事先商量好的“勋”字吧。万事有劳了。离家万里，才更能体会到你的好。我这边跟寒字完全不沾边，每日酷暑难耐。

---

①即把两张明信片印在一起，一侧归寄信人，另一侧归收信人。收信人回信时，把回信部分裁下，写完寄出即可。

我的意气也正为了即将到来的第一个任务熊熊燃烧。

信中有好几处被涂黑了。这就是传说中的“审查”。即使不熟悉历史的祥子也知道，当年士兵的家书都要经过军方的审查。涉及机密信息的内容，或是不符合军方思想的用词，都会被审查人涂黑。

祥子呼出憋了好久的气，走到佛龛前站立。佛龛中并排摆着两张遗像。

一张是祖母的。她在六年前去世，享年八十四岁。

另一张照片中微笑的青年要比祥子年轻许多，说不定比丽亚还小。别说祥子了，就连父亲也只见过他的照片。那就是祥子的祖父。祖母身怀六甲时，祖父上了战场，最后在二战结束那年死在了缅甸。

那些短信不会是……

在这个信息发达的时代，真有可能发生那种事吗？也许是知道奶奶还留着那些军事邮件的人开的玩笑，这么想要现实得多。

然而，祥子决定乖乖相信这一切。那些短信可能是看不惯现代人身在福中不知福的祖父发的，也可能是担心她的奶奶发的。她只记得奶奶是晚上走的。拿出柜子里的死亡证明一看，晚上十点二十五分。她收到短信的时间，正是奶奶去世的时间。

遥香轻轻的呼吸声传入耳中。祥子心想：此时此刻，这个房间里应该不止我跟遥香两个人。但她并不害怕，只觉得自己被某种肉眼看不见，却无比巨大、无比深邃又无比温柔的东西包围着，有一种发自内心的安心感。

那是来自远方的信，是来自咫尺天涯的信。祥子回了短信：

主题/椎名正男、静子收

正文/谢谢你们。我已经没事了。

这条短信到底会被发到哪儿去呢？

4

周六一早，祥子就提着旅行袋，抱着遥香走向了第一班公交车停靠的车站。她没把回东京的事告诉孝之，为了让他来替自己完成剩下的套袋工作。

你就好好体会一下果农的艰辛吧。等你忙完了我再问你，是想好好帮我带孩子，还是想留在我娘家干活。

祥子天亮后打开手机一看，发现昨天、前天和大前天晚上十点二十五分收到的短信都不见了。

太不可思议了。不过……算了，就这样吧。每个人都会碰上那么一两个小奇迹。

至于孝之的信，她只留了一封，其余的全部装进垃圾袋，放进了半路的垃圾站。那封信被她塞在装有婴儿用品的小猪背包里。下次再跟孝之闹矛盾，她就把信甩到他面前。

收信人是“椎名祥子”，寄信人是“江藤孝之”。那是孝之在初三那年四月写给她的第一封信。信纸上只有两行字。

我喜欢你。

做我的女朋友吧。

今天的天空依然是 Sky

天空是 Sky。

天空的颜色是 Blue。

铺在马路上的沥青都要被夏天灼热的阳光烤化了。小茜走在路上，紧紧抓着背包的肩带。身子微微前倾，不停抖动被晒疼的双脚，那动作就跟鸽子一样。她还戴着一顶横滨湾星队的棒球帽。

形似棉花糖的云朵横亘在马路的尽头。沥青的两侧，是夹杂着 Yellow 的 Green。

Green 是农田。绿色的稻子在风中摇曳，柔顺得好似刚去过宠物美容院的长毛吉娃娃。给大家普及一下，稻子就是会结出大米的草。小茜出生后的头八年是在大城市度过的，原本不知道这点。两个月前，她住进了别人家里。那户人家种了稻子，还种了香菇，养了鸡和长毛吉娃娃。

Yellow 是开在田间小路上的花。那些路仿佛农田的边框。小茜不知道那些花叫什么名字。除了向日葵和一年蓬，这一带几乎没有她叫得出名字的花。嗨，没有就没有呗。反正它们都是花，在英语里是 Flower。

小茜正在学英语。她才上三年级，小学是没有英语课的。[1]她的英语老师是新家的表姐澄香。小茜一边用鸽子似的动作往前走，一边把出现在视野中的各种东西转换成英语单词。

山是 Mountain。

太阳是 Sun。

风是 Wind。

云是……云是……呃，云是什么来着？忘记了。但我知道云的颜色该怎么说，是 White。

除了那团好似火山喷发的 White，天空就是一片浓浓的 Blue，即使上百支蓝色的颜料一齐喷洒而出都没有那么蓝。左边、右边和头顶都是 Blue、Blue、Blue。

小茜的目的地是大海。等她走到海边，风景一定会变得更加 Blue 吧。她想象着在海天一色的 Blue 中，自己仿佛化作了缸中的金鱼，重新抓紧背带，把力气用在脚跟上，免得鞋子离脚。她穿的篮球鞋是刚买的，还很松。

好嘞，Blue 的一天就要开始了！还要走多久才能到海边呢？要是手里有地图就好了，可小茜的“儿童版日本地图”肯定派不

---

①日本的英语课从初中开始。

上用场。再说了，有地图还算什么冒险啊。

小茜崇拜的冒险家们都说，地图不是拿来看的，得自己画出来才行。阿蒙森、利文斯通和植村直已都是这么说的。小茜上周才看完《世界冒险家大全Ⅱ》。

已经走了多少路了，有十英里吗？小茜回望自己走过的路。哎，怎么还看得到忠治舅舅家的鸡棚屋顶？十英里是多少米来着？

马路前方没有一个人。No people。两旁的Green里倒是有人影，但还是No people。她看见的人影，其实是农田中的稻草人。

马路右边变成了杂木林。Green、Green、Green的叶子闪闪发光。知了的叫声分外烦人。

树是Tree。

叶子是Leaf。

知了是什么来着？学过的，但是忘了。瞎说，还没学。得赶紧学呀。

明明能听见蝉鸣，却看不见知了，仿佛是树在叫一样。Tree，Song。

小茜心想，要是能看到小松鼠就好了。松鼠是Squirrel，昨天刚学的。

Tree，Squirrel，Nut，Eat。[①]

---

①日语的语序是“树→松鼠→坚果→吃”，小茜是按日语的语序来转换的，本义是“树上的松鼠吃坚果”。

英语就是好啊。躲在杂木林后的小山丘，到了英语里就成了Mountain。山丘的形状明明跟双峰骆驼的驼峰一样奇怪，可是一说成英语，那形象就瞬间伟岸起来了。骆驼Mountain。小灰蝶在路边的一年蓬中飞舞。那是Butterfly。Butterfly死了以后，它的翅膀会被Ant搬走。

只要替换成英语，再司空见惯的东西也能改头换面。英语就是神奇的咒语，能把令人讨厌的肮脏老鼠变成梦幻国度的主人公。

妈妈在英语里是Mummy。

脱下来的鞋子要摆得整整齐齐。别在屋里大声嚷嚷。香菇也要吃掉，别剩下……Mummy是不会说这种话的。她会说，呵呵，香菇这东西太古怪了，千万不能吃。来，吃点苹果派吧。

窝囊废爸爸在英语里是Daddy。

如果爸爸是Daddy，那他会不会放弃小说，找一份正经工作呢？ Daddy的工作，肯定是穿着西装、打着领带去公司的工作。这样的Daddy，就不会因为没有故事可写，从早喝到晚了吧？就不会跟妈妈离婚了吧？

装着黄瓜的卡车从对面驶来。握着方向盘的People看着小茜，那表情仿佛在说：这是谁家的孩子啊？小茜很清楚他接下来会做什么。他会把视线投向自己身后，怀疑自己会不会往地里扔石头。她还真没猜错。

住在这一带的People相互都认识，并不觉得初来乍到的小茜跟他们一样。刚开始，他们的态度还比较和善。可是一旦发现小茜要在这里住一段时间，就立刻换上了警惕的眼神。泰子舅妈也是这样。“我们要在你家叨扰几天了……”妈妈这么说的时候，她还笑着回答：“一直住这儿都没问题。”没想到舅妈的“一直”只有十来天。最近小茜跟她道早安晚安，她都懒得答应了。而小茜说“我开动了”的时候，舅妈的眼神会变得特别凶，就好像小茜是糟蹋庄稼的乌鸦似的。她还故意用妈妈能听见的音量对忠治舅舅说：“他们到底准备住到什么时候啊？你别忘了收饭钱。”

在英语里，舅妈是 Aunt，念起来跟蚂蚁一样。

澄香不肯再教小茜英语，肯定也是臭蚂蚁的意思。澄香教她的最后一个单词是“Parasite”（寄生虫）。她说小茜母女就是 Parasite。现在小茜只能用从澄香房里偷出来的插图英日字典自学新单词。

Study、Book、Pencil、Friend、Family、Parents。

妈妈也好不到哪儿去。最近总是跟乌鸦一样，动不动就嚷嚷，因为她一直找不到工作。搬家之前，妈妈是做医疗助理的。可妈妈说：“附近的大医院关门了，这地方比我小时候更荒凉。别说医疗助理，连医疗都没有了。”

不要说这些任性的话了，那就别搬过来啊。你以为我想搬到这种 Village 来吗。听说要和小伙伴分开，我难过得哭了好几天。现在还每天把他们写给我的留言拿出来看呢。

小茜特别郁闷。澄香说这里是 My Town（我的城镇），可这里怎么看都是个 Village。她每天都跟妈妈一起睡在储物间隔壁的小房间里。那个房间特别潮湿，榻榻米都胀起来了。一开窗，鸡棚的臭味就会涌进屋里。无论从哪个方向望去，都只能看见稻子，还有那一个年级只有两个班的小学。刚转学过来就开始放暑假，害得她不得不独自熬过漫长的假期。

我讨厌 Village。除了天空，其他的都讨厌，全都消失好了。

妈妈是这么说的:“再忍一忍嘛。不找到工作,我就没法找房子，也没法过日子……”

小茜讨厌“过日子”，她想要的是 Life。

她捡了几块石头往田里丢。大人就是这么任性，所以她也要随心所欲。她今天做的事可不是普普通通的冒险，而是一场“大冒险”。她都 Home Go 了，翻译过来就是“离家出走”。

目的地是大海。她只选定了一个目的地。沿着路一直往前走，应该就能看到大海了。住在忠治舅舅家的外婆是去年过世的。小茜记得外婆的身子还硬朗的时候，她走这条路去海边玩过。爸爸也在。那时小茜还不会游泳，只能死死抓着救生圈。爸爸带着她游到了好远好远的地方，岸上的妈妈他们都小得跟扭蛋里的人偶一样。

到达海边后要做的第一件事是看海。

她看海，用英语说就是“She see sea”[①]。

不喜欢这个地方，肯定是因为这里没有海。

直到两个月前，小茜一直住在一座有海的城市。只要打开公寓的窗户，就能看到大海的美景。运气好的话，还能透过集装箱的缝隙看到船呢。虽然那片海的颜色算不上Blue，甚至有点灰，却很好看。对小茜来说，大海本就是时刻陪伴着她的东西，跟天空、氧气和墙纸一样。

别磨蹭了，加快速度。Sea、Sea、Sea。

河是River。

桥是Bridge。

她走过和走廊一样宽的小桥，穿过散发着泥土味儿的小河。她还用对讲机汇报了自己的成果。

“呼叫大本营，呼叫大本营。已通过泥巴River。”

没人回应，但无所谓。她的对讲机是草莓奶糖的盒子。她自己回了一句：“收到！”顺便吃了一颗糖。

奶糖都在嘴里化开了，可她还是没看到大海。骆驼Mountain的正中间倒出现了一个屋顶。那是这一带最大的神社。只要爬到那里，说不定就能看到大海了。

①这三个单词用日式英语发音念出来是一样的，没有平翘舌之分。

Mountain 下面立着红色的门柱，People 管它叫“鸟居”。鸟居是石阶的起点，两侧长满了比小茜还高的芒草。芒草在风中一摇一摆，仿佛在向她招手。石阶两边都是粗壮笔直的大树，所以台阶周围非常暗，不知道的还以为太阳快落山了。目光所及之处没有一个人影。小茜环视左右，还是没找到一个人。只有农田中的稻草人用一双“の”字形的眼睛瞪着她。

算啦，不去神社也行。小茜轻声说道。

不知从哪里传来了乌鸦的叫声，在小茜听来，那声音就像在嘲笑自己。骗你的，当然要去了。小茜决定先向大本营汇报一下。

“呼叫大本营，呼叫大本营。即将开始攀登骆驼 Mountain。”

顺便再吃一颗奶糖。好嘞。

一开始爬台阶，背包就变重了。因为包里装着粮食，有饼干、薯片、巧克力，还有干净的衣服、指南针、休息时要玩的游戏机。早知道就不带《月刊 CIAO》[①]了。

这段石阶真的好长。小茜中途在平台上喘了口气。滴落的汗水会在石阶上形成黑色的水渍，但要不了多久就干了。啊，现在果然是夏天。既然带了漫画，那就看几页吧。看过之后，小茜继续出发。石阶上面还有一个鸟居，立在绿叶间。小茜一看到那抹黯淡的红就站住了，因为她想起了澄香说过的一句话。

---

①小学馆出版的漫画杂志。

“那个神社闹鬼的。本地人都叫它‘吊死鬼神社’。”

下山吗？回头的勇气有时也是要有的，《世界冒险家大全Ⅱ》里就是这么说的。再爬二十多级就到了。虽然没认真数，可这一路至少也爬了将近一百级吧？

小茜下定决心。二十和一百，哪个数字更大，这可是一年级小朋友都会做的算术题。

上去吧。她决定一边往上爬，一边唱她在幼儿园的知更鸟班学的歌。歌词是这样的：

世上没有妖魔鬼怪
鬼故事都是骗人的

学会这首歌后，小茜就敢一个人上厕所了。不过她睡觉的时候还是喜欢留一盏小夜灯。在忠治舅舅家，睡觉的时候是一定要关灯的。因为妈妈不小心听见泰子舅妈对舅舅抱怨，说这对母女住进来后，家里的电走得特别快。臭蚂蚁。这么大的人了还打小报告。你不知道半夜醒来的时候看见房里一片漆黑有多可怕啊？小茜跺着脚，一步一步爬着剩下的台阶，仿佛要踩死脚下的每一只蚂蚁。

世上就没有好大人

大人全都是大骗子

台阶尽头的神社虽然很大，却破破烂烂的，屋顶上都长草了。里侧有一栋像是普通民宅的建筑，但窗上钉着木板，看起来不像有人住的样子。偌大的院子也是No People。吊着签纸的柳树下面，摊着一只半透明的垃圾袋。

小茜快步走到神社的角落，谁知由交叉的竹条搭成的篱笆挡住了她的去路，能看到的只有蜘蛛网。说不定篱笆对面也有人在看我……恐怖的想象让她后颈发凉，赶紧缩起了小脑袋。

太遗憾了。回去吧。真是太遗憾了。好了，回去吧，快回去吧。眼看着就快冲到台阶了，小茜忽然发现——

刚才还在柳树下的垃圾袋，竟然挪到了功德箱前。

是被风吹过去的？可垃圾袋里好像有东西啊，而且刚才也没有刮那么大的风。

就在小茜盯着看的时候，垃圾袋又动了。眼看着它一点点往神社深处挪，那动作简直跟西瓜虫一样。小茜的脚顿时变成了两根棍子。她想逃得远远的，可这两根棍子就像被打进地里的桩子，根本抬不动。

垃、圾、袋、在、动。

小茜的眼睛大概已经变成了问号底下那个小黑点。她使出吃奶的力气，好容易才把桩子拔出来，往后退了一步，还不由自主地喊出了声。

“啊啊……”

垃圾袋停住了。

“你看得见？”

垃圾袋，居然，说话了。

“你能看见我？”

“你、是、谁？”

小茜的声音在抖，腿也在抖。

“透明人。”

没大声尖叫，是因为回答她的声音听着有些稚嫩。

小茜仔细观察半透明的袋子，才发现里面蹲着一个人。在紧贴地面的地方，还有一双穿着球鞋的脚。搞什么嘛……她不想让对方看出自己刚才有多害怕，便用气呼呼的口气说道：

“别吓唬我好不好！”

“你能看见我啊……”垃圾袋里的人叹了口气，“我却看不清外面……”

站直的“垃圾袋”跟小茜差不多高。袋子的顶部开了两个小洞。袋里的人正扭动身子，试图把头挪到那两个洞后面。很快，洞口出现了两个眼珠。好长的眼睫毛。脸也透过塑料袋露出来了，脸型有点像花生。

“你一个人玩吗？”

小茜用小姐姐的口气问道。她觉得虽然两个人差不多高，但会玩这种幼稚游戏的人肯定比自己小。

“我可没玩。”

“那你在干什么啊？”和爸爸住在一起的时候，妈妈都是这么喊爸爸的。[①]

“透明人。”

好好好，你是透明人还不行吗。傻不傻啊。

“可我能看见你啊。”鼓起勇气仔细看，还能看见T恤上印着的英文呢。S、L、O、W、S、T、E、P，就是不知道是什么意思。

“哦……”

脸下面的塑料袋鼓起来了，他似乎叹了口气。

“这种把戏在家里玩玩不就好了。”

“不能在家玩，会被爸爸骂的。”

“那就别玩什么透明人了。”

“我就是为了不挨打才想变成透明人的。”

“我不会打你的，你就脱下来吧。”

听完小茜的话，垃圾袋里的脑袋左右摇了摇，跟节拍器一样，一次又一次……唉，这人怎么这么幼稚啊。算了，随他去吧。

过了好久，对方才停下。小茜又问：

---

①原文中“你”用的是“あなた”，是恋人、夫妻称呼另一半时常用的说法。

“你叫什么？”

“森岛阳太。”

“森……森林……Forest 啊……”岛是什么来着？应该是跟 Sea 一起学的，可她忘了。垃圾袋里的那对眼睛闪了一下，仿佛在问：你呢？

“佐藤茜，”一不留神自报家门之后，小茜改口说道，“Sugar[①]。请多关照，Forest。”

“我叫森岛阳太啊。”

小茜假装没听见，继续问道：“海在哪边啊，Forest？”

垃圾袋里的脑袋转到右边。在那边啊……正好是我刚才没去的那个方向。

可这一回，她又被篱笆挡住了。透过篱笆的缝隙往外张望，还是什么也看不见。

篱笆前面有一棵装了围栏的大树，树干跟象腿一样粗，上面系着一条粗绳。小茜翻过围栏，踩在绳子上，爬上最下面的那个树杈。她把险些被风吹跑的帽子用力倒扣在脑袋上，双腿夹住树枝，一点点往前挪。

篱笆后面露出了一片天空。她又挪了一下。忽然，山下的风景映入眼帘。风撩起她的刘海，整个额头都露出来了。

---

①意为砂糖，佐藤在日语中的发音与砂糖一样，

放眼望去尽是绿色。长出稻子的农田成了一个个小方块，排列得整整齐齐。有个东西好像日式汉堡里的西兰花，那是山下的杂木林。杂木林后面的小山丘也是绿色的。

无论朝哪个方向看，都是 Green、Green、Green。

小茜大失所望。在她眼里，那都是妨碍冒险家前行的丛林。

“喂，我看不到海！”

她朝树下喊道，可是没人回答。她环视神社的院子，却没有找到 Forest 的人影。

怪了……小茜歪着脑袋，眉头紧锁。转回头来的那个瞬间，一个装着记忆的小珠子从她的脑海中滚过。滚啊滚，卡在尺寸正好的小洞上。

小茜想起来了，其实澄香的话，还有后半句：

“很久很久以前，有个小学生在那座神社上吊自杀了。据说是因为在学校受了欺负……所以那里有小孩子的怨鬼出没。”

刚才那个……真是鬼？

我撞鬼了！回去一定要好好显摆显摆！因为两只脚瑟瑟发抖，险些从树上掉下来，她才想出这两句给自己壮胆的话。无论今晚在哪里过夜，她恐怕都没胆量一个人去上厕所了。

“Fo、Fo、Fo、Forest？”

“嗯？”

声音来自小茜的正后方。他是什么时候爬上来的？身手还挺矫健的嘛。

“大海在哪儿呢？”

“在哪儿呢……在很远很远的地方吧。”

他好像还套着那个垃圾袋，因为身后传来了窸窸窣窣的摩擦声。

“啊，我听见海浪的声音了。”

“是稻子摇晃的声音吧。”

“是不是那边啊？好像有什么东西在发光。”

“应该是个小水池吧。”

“你！是个不合格的冒险家！”

“啊？”

“没亲眼确认就先下定论，可不是冒险家该干的事。”

“啊？”

小茜回头去看Forest。他把垃圾袋掀到了眼睛上面。他的脸就像是一颗贴了好多芝麻的大花生。见小茜转身，他连忙把袋子重新套好。小茜问道：

“你要不要跟我一起去？”

“去哪儿？”

“海边呀。”

“石头剪子布！”

小茜出了剪刀，赢了。

“巧、克、力！”她独自下了六级台阶。[1]Forest的猜拳水平不是一般的差，他还一级都没走下来，好像不愿意离开神社似的。小茜实在没办法，只能故意后出拳，看到他出剪刀，马上摆出布的手势，好让他赢。

“你可以说‘咔嚓咔嚓咔嚓小剪刀’[2]哦。”她还顺便传授了一口气下九级的秘笈。

她连输了两次，Forest才艰难地来到她站着的那一级。他还套着那个垃圾袋。

“你就不能把袋子拿掉吗？”

沙沙沙……Forest不停地摇头，垃圾袋也不停地响。小茜感觉他会一直做摇头的动作，就捧起胳膊，扭过头去，装出被停在芒草顶的红蜻蜓分散了注意力的样子，用随意的口吻说道：

“你要套着也行……算啦。只是这样太危险了。”

“危险？”

窸窸窣窣的响声停止了。

“嗯，垃圾袋太惹眼了，会被People发现的。”

“People是谁啊？”

“就是住在这附近的那些人。他们总是把小朋友关在家里，满脑子都想着要怎么过日子。”

---

①在日语中“巧克力”一词是六个字，第一个音节和剪刀一样。

②日语是“チョキチョキバサミ”，共九个字。

“这么吓人啊。”

“可不。要是我们离家出走的事被 People 知道了，他们肯定会把我们抓回去的。”

“离家出走？”

“没错。你做好思想准备了吗，Forest？”

“嗯。可‘离家出走’到底是什么意思？”

“先行动，后提问。少说废话，快把袋子拿掉！”

Forest 总算脱下了垃圾袋。他顶着个形似蘑菇的草窝头，刘海被剪成了锯齿状，瘦得一塌糊涂。右眼周围有瘀伤，好像是挨了拳头。现在明明是夏天，他的皮肤却很白，这肯定是他平时一直套着垃圾袋的缘故。

走完台阶后，小茜掏出了一个印着好多刻度的银色指南针。这是爸爸当年登山时用的——我可没把它当宝贝。真的。只是他出走的时候忘了把它带走，所以我就收下了。小茜蹲下身，盯着指南针看。Forest 也学着她的样子，蹲下来看。其实小茜并不会用指南针。带着它，只是为了烘托“冒险”的氛围罢了。现在掏出来，也不过是想在 Forest 面前炫耀一番。

“你不知道该怎么走吗？”

一句“嗯”险些脱口而出，但她赶紧用下牙咬住上唇，改口说：“路不是问出来的，Forest，是走出来的。”

“路明明是铲车挖出来的。”

“铲车是什么？”

“能干活的车子，很大很大。我爸爸就是开这种车的。是原来的爸爸，不是现在这个爸爸。”

Forest 居然有两个爸爸！小茜只有一个爸爸，而且还不在了。

“这是我爸爸的。”她把指南针举到 Forest 面前。哦，指针摇了一下。哦，又转回去了。“我知道了，这边走。去有颜色的那一头指着的方向。”

眼前的风景没有变化，除了棉花糖般的云朵仿佛变成了纵向堆叠的两个球。太阳在头顶，酷热难当。用英语说就是 Hot，Hot Milk 的 Hot，脑浆都要被烤成热牛奶了。Forest 歪着脑袋，仿佛在认真捕捉空气中的声音。他一边走，一边用双手紧紧抓着那个垃圾袋。

“这里好热啊……一直都这么热？”

“因为现在是夏天嘛。”

这家伙好迟钝啊。我是想让你反问：“你不是本地人吗？你是从哪儿来的呀？”

“我原来住的地方没这么热。”

“而且现在是大中午嘛。”

“你快问我‘你是从哪儿来的呀’！”

“你是从哪儿来的呀？”

小茜报出她两个月前离开的那个地方的名字。光是说出这个名字，她便觉得心口又烫又酸，仿佛呛了一口热柠檬水。住在那里的时候，小茜也是有爸爸的。

“啊，就是那个有大佛像的地方对吧？”

“才没有呢。”

两人避开 People 和 People 开的车经常出没的大马路，一碰到分岔口就挑窄的那条路走。走着走着，眼前出现了一条坡道，两边都是竹林。

右边的竹林深处有好多墓碑。每当刮起大风，竹子就会相互碰撞，发出“咔啦咔啦”的响声，就像骨头碰撞的声音——为什么会产生这样的联想？因为她知道墓地里埋着骨头。在去年的葬礼上，她就听到过类似的咔啦咔啦声。当时她用长长的筷子夹起脆饼似的骨头，却一不小心失了手。骨头就这样掉了下去，敲在另一块骨头上。[1]夜半时分，在一片漆黑的屋里突然惊醒的时候，小茜也会听见这样的声音。当然，她总能很快反应过来，那声音其实来自妈妈枕边的闹钟。可是惊醒之后，就很难再睡着了。

Forest 的两条腿就像白芦笋。让瘦弱的他爬坡，好像有些强

---

①日本传统葬礼的拣骨仪式，由亲属将骨灰夹起，放入骨灰罐。

人所难。只见他的步履比刚上岸的鸭子更蹒跚，直喘粗气，好像犯了哮喘的狗。

“好……累……啊……”

“加油！”

“休息……一下……吧？”

“再坚持一下。”

“大海……很远的……一定要坐……公交车……为什么非要走过去呢？”

“因为人长了两条腿啊。”

“喂……你饿不饿啊？”

好烦啊。小茜转过身，把食指当成枪口对准 Forest，做了个开枪的动作，甩出妈妈常在这个时候对她说的话：

“你不是吃过早饭了吗！”

Forest 摇了摇头。不过这回他只摇了一下。

“我没吃过。”

“啊？”他是在减肥吗？蚂蚁泰子给澄香报了个减肥班，可澄香每天早上还有玉米脆片可吃。小茜顿时有些同情眼前的少年，从包里掏出一袋饼干，说道：“拿去吃吧。”

“啊……我吃不了这个。我对小麦过敏。”

“那薯片呢？”

“嗯，可以吃。”

小茜刚把袋装薯片递过去，Forest 便狼吞虎咽起来，那架势简直就像好几天没吃饭的野猫。“这是冒险之旅的重要粮食，你给我剩一半！”看他吃得那么香，小茜都不好意思说这句话了。眼看着袋子一点点瘪下去，嘴唇上沾着调料粉的 Forest 说道：

“小茜，你不吃一点吗？”

“叫我 Sugar。我用不着。”小茜捧着胳膊，斩钉截铁地说。可话音刚落，她就把手伸向了袋子，“给我来三片。”

最后，Forest 直接把袋子当成了杯子，连仅剩的碎屑都不放过，一口吃了。“饱餐一顿”后，他拍了拍肚子说：

“感觉浑身都有劲了。”

“好，那就出发吧。”

“再休息一会儿嘛……”

“不行，不行。那就唱歌吧，Forest。”

“为啥啊？”

“为了让你有力气赶路。出早操列队踏步的时候，不是会放《龙猫》的那首歌嘛！‘往前走——往前走——’”

“是吗？”

“你不知道这首歌？”

放暑假前，小茜在这边的小学上了一个月的课。话说回来，她的确没在学校里见过 Forest。虽然她没交到朋友，可一个年级毕竟只有两个班，如果是同学，她不会认不出来。二年级跟四年级也没有长这样的。她细细打量起Forest的脸来。嗯，果然没印象。

“Forest，你是哪个学校的？”

“峰岸特殊学校。”

什么呀，原来不是一个学校的。

Forest不会唱“鬼故事都是骗人的”，所以小茜只能自己唱。Forest走路的时候净盯着自己的脚看，好像在确认左右脚有没有轮流迈出一样。只要不把注意力集中在“走路”这件事上，就不会觉得累。再这么一声不吭地走下去，Forest肯定又要叫苦。于是小茜对垂头丧气走路的他提了个问题：“Forest，你毕业了准备做什么？”

“啊？”Forest的小眼睛眨了眨，带动了长长的睫毛，“我能毕业吗……”

“我要当个冒险家。你呢？”

“唔……”

小茜还以为他一定会回答“透明人”，没想到他说了一句：

“司机。”

“铲车的司机吗？”

“不能开铲车，容易出事故死掉。还是压路机好。”

哦哦，压路机。好酷哦。虽然小茜并不知道“压路机”是什么东西。[1]

---

①压路机在日语中是外来语road roller，听起来有点像Rock 'n' Roll。

“嗯，压路机多好呀。”

咔啦咔啦咔啦，竹林又响了。

雨是 Rain。

下雨了。好大的雨。路上在下 Rain，地里在下 Rain，房子的屋顶上也有 Rain。小茜和 Forest 的头顶也是 Rain、Rain、Rain。

“好大的雨啊……” Forest 的草窝头在不停地滴水。

“嗯。”

他们刚好发现一尊带棚子的地藏菩萨，便一人一边钻进去躲着。

“菩萨好碍事啊……要不把它丢出去吧？”

小茜压低嗓门，生怕被地藏菩萨听见。

“别啊，要遭报应的。”

“可是好挤啊……”

“总比狗笼大啦。”

“狗笼？”

“爸爸妈妈睡觉的时候，我都要进狗笼的。”

“听起来好像很难受……”

“习惯了就好。”

有棚子也没用，因为棚顶有洞，会漏雨。小茜、Forest 和地藏菩萨只能把垃圾袋罩在头上应急。

汽车的响声传来，他们连忙把垃圾袋拉到脖子下面。

说时迟那时快，车从棚子跟前驶过，溅起无数泥水。垃圾袋防护罩大显神威——这是他们在这十分钟里掌握的必杀技。必杀技练成前沾上的泥土，此刻还留在Forest脸上。

“看吧，幸好我没把垃圾袋扔掉。”

天上没有棉花糖了。云层像抹布一般，以二倍于产生的速度擦去天空的蓝色。他们在棚子里躲了多久？能在天黑前走到海边就好了。小茜刚把愿望说出来，地藏菩萨另一侧的Forest就用下达神谕般的口吻说道：“就算到了也没法下海游泳。有好多水母呢。”

“世上没有水母。”

“有的。”

“水母什么的都是骗人的。”

“我没骗你啊。它们就像垃圾袋一样漂在水里，到处都是。”

“别老惦记着垃圾袋了。再说了，不游就不游呗。”

“那你要干吗啊？”

“看海。”

“然后呢？”

“在能看得见大海的地方过夜。”

“酒店？酒店肯定不会让小孩子住下的。”

“有海之家[1]啊。”

---

①开在海滩上，销售食品饮料的小卖部。

“海之家？”

“你不知道吗？很好玩的。地上铺着席子，可以穿着泳衣进去。坐在桌边就能看见大海了。有咖喱，拉面也很好吃。还有橙汁和可尔必思呢。”

小茜想起来了。她这辈子就去过一次海边。她原来住的地方虽然有海，但那片海是不能游泳的。所以那是她第一次去海边，也是最后一次。带她游到远处的爸爸被妈妈狠狠责备了一通。妈妈忘了关摄像机，结果拍到的都是大家的脚。还记得澄香对着电风扇模仿外星人说话……那天发生的事都历历在目。小茜吃下了一份成人分量的咖喱饭，还尝了几口爸爸点的拉面。对她来说，这世上还有比海之家更美好的地方吗？

“还可以租救生圈，也有烤章鱼和炒面什么的。”

“我对小麦过敏，不能吃炒面。”就在 Forest 说完这句话的时候，一顶红伞从远处而来。

红伞下是位穿着红衣服的老婆婆。她慢慢地、慢慢地从两人面前走过。小茜还以为老婆婆没看见他们，没想到片刻后，她又慢慢地、慢慢地折了回来。

“哎呀，好可爱的地藏菩萨呀……”老婆婆笑道，她的嗓音像极了轮胎漏气的声音，“你们没带伞吗？”

她咧开的嘴里没有牙齿。小茜心想，能不能藏到地藏菩萨身后去？这个老婆婆多少岁了？要是她说有一百二十岁，我也不会吃惊的。背驼成这样，瘦得皮包骨头，每迈出一小步，好像都能听见骨头摩擦的响声，太可怕了。

老奶奶的手肘上还挂着一把没撑开的伞。只见她把伞递了过来，说："拿去用吧。"

小茜本想像普通的三年级学生那样回答："不用了，谢谢。"可舌头就是不听使唤。于是她只能默默摇头，简直跟幼儿园小朋友一样。Forest 也没吭声，只是摇了摇头。

"没关系，我儿子在医院，我正要去接他呢。可我不知道他今天能不能出院……因为他的病有点难治。"

老婆婆递过来的是一把破旧的黄色儿童伞，伞骨都戳出来了。不过两人还是乖乖道了谢。

"谢谢。"

"谢谢。"

"好活泼的小朋友呀。我儿子跟你们差不多大。"

老奶奶慢慢远去。Forest 望着她的背影喃喃道：

"她多少岁了啊……是不是年纪很大的时候才生孩子？"

Forest 真是什么都不懂。小茜用老成的口吻说道："她是得了那个。"

和外婆一样。外婆快变成骨头那会儿，也和刚才的老婆婆一样，分不清过去和现在。妈妈上门探望的时候，外婆会把她错认成自己的妈妈，对她撒娇，还用妈妈的名字喊小茜。

“老婆婆的孩子应该早就……”

“早就？”

“早就长大了，但她不记得了，因为得了那个。”

“那个是哪个啊？”

“一种病啊。叫什么来着……老年……老年……老年痴什么来着。”

“吃屎？”[①] Forest 兴奋地说道，那口气就像想出了一个绝妙的笑话似的。这家伙简直跟幼儿园小朋友一样幼稚。

“你傻啊？”

“大概是吧。老有人这么说我。”

Forest 第一次在小茜面前展露笑颜。

“彩虹！”

小茜指着雨后的天空惊呼。Forest 顺着她的手指，望向重新开始变蓝的天际。

“哪儿有啊？我看不到嘛。”

没想到这家伙还挺冷静的。天上的确没有彩虹，小茜是喊着玩儿的。

“你知道吗，Forest，还没人看到过彩虹的尽头呢。”

“这也是冒险家说的？”

---

①在日语中，老年痴呆症和大便的发音很相似。

“才不是。”这话是小茜的爸爸说的。爸爸也想亲眼看看彩虹的尽头，但直到最后都没有实现这个愿望。和小茜的妈妈离婚后，他整天酗酒，结果失足从公寓的楼梯上跌落，就这么摔死了。

下了坡道，路顿时变宽了，两旁的建筑物也多了起来。这里肯定不行，在视野更开阔的地方，说不定能看见彩虹。正前方有一片长条状的树林，乍一看仿佛一条绿色的带子。小茜指着它说道：

“我们去那边找彩虹吧。”

“你不去海边啦？”

“彩虹就架在海上呀。”

下雨之前，两个影子一直投在前面。可是现在，影子贴着人的侧面往前。不知不觉，影子被拉长了很多。

走到绿带子附近时，小茜听到一种微弱的响声。

沙沙沙……

沙沙沙沙……

小茜用力嗅了嗅。她听见了涛声，却闻不到海味儿。她熟悉的大海有一股汽油味。

走进绿色的灌木带，像裙带菜混着鱼干般的气味变得越来越浓烈。树林后面，有什么东西在闪闪发光。小茜朝那些光点飞奔而去。

“大海！”

“大海！”

海里没什么人。有几个 People 在冲浪，还有几个在钓鱼，但是没有一个 People 在游泳。

大海不是 Blue 的。小茜看惯了的海是灰色的，可出现在她眼前的海有着闪亮的橙色。

好刺眼。小茜举起一只手挡在眼睛上面，凝视远方的海浪，又把双手握成望远镜的样子，观察大海与天空的交界处。

嗯，这是大海。

你好吗，大海。

小茜脱下鞋袜，冲进海里。Forest 也跟了过来。

两人一次次追着海浪往前冲，却又一次次被海浪追上，不得不回到沙滩。后来，他们用伞和垃圾袋抓起鱼来。可是还没有抓到一条鱼，海面的橙色就消失了，只剩下充满鱼腥味的混浊的海水。

天空也迅速变暗了。这一暗，小茜脑海中的灯就亮了。这盏灯的名字叫“现实”，它毫不留情地照亮了薄雾般的梦想与冒险之旅，把它们统统变回了毫无用处的破烂玩具。

离家出走？行不通的。就她一个人，肯定找不到地方留宿，跟 Forest 一起也没用。她只能回去，即使等待着她的是妈妈那加特林机枪般的说教。

有人骑着摩托车驶过海边的马路，还耀武扬威地按着喇叭。嘟嘟，嘟嘟，嘟嘟嘟嘟——

喇叭声仿佛激活了 Forest 的记忆。只见他突然挺直后背，瞪着眼睛望向来时的路。

“我得回去了……不然要被爸爸打了……”

Forest 在颤抖。跑来跑去地抓鱼让他出了一身汗，可此刻的他竟然在瑟瑟发抖。一见到他这副模样，小茜便下意识地说出了违心的话。

“我们一起逃吧，Forest！”

“逃去哪儿呢？”

“去海之家吧。”

“海之家在哪儿啊？”

小茜左看看，右看看，再左看看……她本以为海边一定会有海之家，没想到视线范围内连个棚子都没有。

“怎么办啊……”

Forest 哭出来了。

“别哭啊！”

小茜也很想哭，但只要有人比她先掉眼泪，她就哭不出来了，真是不可思议。

“喂，你们两个！”

忽然，身后传来了声音。回头望去，只见头顶上出现一张硕大的脸。肤色黝黑，还长满了胡子——是个块头很大的成年男人。Big Man。他一手拿着种花用的铲子，一手握着手电筒。在小茜看来，那分明是用来胁迫他们的刀枪。

“你们在那儿做什么？”

小茜和 Forest 吓得跳了起来，撒腿就跑。

虽然在跑，可他们无处可去，只能躲到防波堤后面。Forest 开始疯狂地摇头，好似忘记了该怎么扇动翅膀的虫子。

小茜用垃圾袋蒙住头，变身为“影子人”。她探出半个脑袋，通过两个小孔查看 Big Man 的动静。他正在用小铲子挖海滩，还时不时蹲下来，捡起什么东西放进系在腰上的网兜。看来他好像是在捡贝壳。就在她专注地侦查的时候，手电筒的灯光突然照到了她身上。

被发现了！小茜牵着 Forest 的手，沿着海岸逃跑。跑着跑着，他们发现了一艘倒扣在海滩上的船，就钻了进去。

Forest 坐在地上，捧着膝盖，不停地摇头，眼神像虫子的双眼一样空洞。他边摇头边喃喃自语：救命，救命，救命。我得回去了，我得回去了，我得回去了。救命，救命，救命。

“嘘！”小茜竖起手指示意他，可他就是不闭嘴。

手电筒的灯光在海面与沙滩间来来回回，逐渐缩短与他们的距离。Big Man 在找他们。救命，救命，救命。我得回去了，我得回去了……小茜只能捂住他的嘴。

两人蜷起身子躲在船下。光圈就在他们身边晃动。眼看着它从右边晃到了左边，Forest 顿时瞪大了眼睛。小茜的表情估计也差不多。

光圈回到右侧，渐渐地远去。就在小茜长舒一口气的时候，Forest 发出的声音透过她的手指漏了出来："呜呜呜——"

"还不出来！"

这个空间的"天花板"就是船底。手电筒的灯光像蛇一样四处游走。顷刻间，Big Man 那粗壮得像蟒蛇一样的胳膊伸了进来。Forest 的 T 恤领口就这样被大蛇咬住了。

救命、救命、救命、救命！摇着头的 Forest 突然大声喊道。这是小茜第一次听到他用这么大的嗓门说话。

"我不要回去！"

"不行！这么晚了，小孩子怎么能不回家呢！还有一个，给我出来！"

小茜没被抓住衣领，却被那骇人的声音生生吓了出来。

Big Man 抱起 Forest，但他的手突然停住了。T 恤被拉了起来，Forest 胸口以下的皮肤都露出来了。Big Man 正盯着他的后背看。

"别送我们回去！我们离家出走了！"

他还用手电筒照了照 Forest 的背，怒吼声在微暗的空间里回响："你怎么会伤成这样！是谁干的？"

不等 Forest 回答，Big Man 就自言自语道："难道是家长下的手吗……"

"我不要回去，我不要回去，我不要回去……"

Big Man 把 Forest 放回沙滩，转头问小茜：

“你也不想回去吗？”

小茜差点就摇头了，但最后还是微微点了点头。她也不知道自己到底想怎么样。

“好，那就先来我家吧。”Big Man 指着绿色的灌木带说道。

那种地方居然有人家？小茜拽着 Forest 的胳膊，跟在 Big Man 后面，可是没过多久，她的脚步就沉重起来。因为她想起老师的教诲，不能一个人去没人的地方，不能跟陌生人走。妈妈也教育过她，不能理睬跟她搭话的可疑男人。

这时，两个紧挨着的 People 从沙滩那头走来，一男一女。没问题，这里不是“没人的地方”，我也不是一个人，有 Forest 在呢。小茜紧紧握住他的手，他也用力握住了小茜的手。她心想，要是 Big Man 跟我搭话，我不回答就是了。

灌木丛里还真有人家，只是小茜不确定那儿能不能被称为“人家”。大小和小茜母女现在住的房间差不多，也就多了个屋顶。而且那屋顶看上去就是张超大号野餐垫。它的颜色是 Blue。

“人家”连门都没有。Big Man 掀起 Blue 的垫子，回头对小茜他们说：“进来吧。”

屋里很狭窄，还装满了东西。墙壁上都安了架子，上面摆着各种各样的工具、塑料袋、收纳盒、塑料瓶和书本。小茜看到了两台电视、四台录音机。天花板上不光吊着灯，还挂着平底锅和炖锅之类的东西。屋里弥漫着一股怪味，让人不由得联想到刚擦过打翻的牛奶的抹布。

哗啦啦……Big Man 把刚捡来的海贝倒进装着水的收纳盒。屋子的正中央放着小炉子。他拿来一口锅，架在炉子上，点了火。

“饿坏了吧？”

不理他。小茜用下牙咬住上唇，同时捂住可能替嘴巴“咕咕”叫的肚子。Forest 欲言又止。不等他们回话，Big man 就自顾自点了点头。

“肯定饿坏了，给你们做点拉面吃吧。”

“小麦过敏……”

Forest 说道。他已经不摇头了，只是不停地眨着眼睛，环视 Big Man 的家，看上去比紧紧抱着背包的小茜镇定一些。

“啊？”

“我对小麦过敏……”

Big Man 用粗壮的手指摸了摸茂密的胡子，然后把架子上的收纳盒翻了个遍。只见他掏出一袋荞麦面，看了看包装袋的背面，又把面放了回去，再拿出另一个袋子。

“米粉应该可以吃吧？你呢，有什么过敏的东西吗？”

Big Man 问的是小茜。她想说“我对香菇过敏”，但最后还是没开口。

Big Man 往锅里倒了些装在可乐瓶里，却不是可乐的东西，然后就出去了。片刻后，他拿着大葱和绿叶菜回来了。“这可不是我偷来的，我有地的。”他用极快的语速交代了一下，接着用剪刀把蔬菜剪碎，丢进锅里。那被叫作“米粉”的东西和刚拎回来的海贝也一起放了进去。

屋外传来猫叫声。Big Man 一发出“啧啧啧”的声音，一只毛色黑白相间的猫咪立刻钻了进来。它没戴项圈，应该是流浪猫，却长得分外敦实。Big Man 熟练地从架子上掏出一袋猫粮，倒在原本用来装熟食的餐盒里。猫咪大口吃起来。炖锅里传出“咕嘟咕嘟”的响声。

Forest 轻声问小茜：“这里就是海之家吗？”

才不是呢。

Big Man 把煮好的东西舀到方便面的空碗里，递给小茜和 Forest。

两人狼吞虎咽的架势丝毫不逊于那只猫咪。小茜从来没吃过这种味道的东西，觉得特别好吃。不过现在就算给她一碗加了香菇的拉面，她也会觉得很好吃吧。而且酱油味还盖住了屋里的怪味，这也让她很高兴。

Big Man 又跟小茜搭话了：“你们是姐弟还是兄妹？”

小茜立马摇头，反应时间只有几分之一秒。

“那你几岁了？”

小茜继续咬上嘴唇。

“你是小学生吧？七八岁？”

她下意识地挺直刚满一米三的身子，脱口而出："八岁。"

Big Man 转头望向 Forest，问："你呢？"

把脸埋在碗里的 Forest 回答："十二。"

"那你的个子也太小了。平时好好吃饭了吗？"

Forest 把碗里的汤都喝完了，好像他刚才吃的是很久没吃过的美味佳肴似的。见状，Big Man 心满意足地眯起眼睛，那表情仿佛在说：怎么样，好吃吧？后来还给 Forest 添了一碗。

"你要多喝牛奶。我明天买点回来。"

Big Man 自己没吃，倒喝起了酒。他喝的是烧酒。跟爸爸一直喝的酒有一样的香味，所以小茜一下子就闻出来了。要花最少的钱买醉，这种酒是最合适的。

小茜放弃了吃第二碗的念头，紧张得浑身僵硬。她担心眼前这个人会不会像爸爸那样，喝着喝着就变了个人，大吼大叫地砸东西，自顾自地发火。

然而 Big Man 并没有变身，只是脸稍微变红了点。他凝视着正慢悠悠地喝着纸杯里的餐后乌龙茶的 Forest 说："太过分了……虽然我没孩子，可我真不敢相信有人干得出这种事情……"

他已经喝掉好几杯烧酒了，胡子拉碴的脸上眉头紧锁。"连猫都会好好照顾自己的孩子……你呢，不要紧吧？"

Big Man 貌似也想查看一下小茜的背部，但她点了点头，用手紧紧攥着 T 恤衫的衣角。见状，他只得作罢，把脸转回 Forest

那边。

“你们也看到了，我过的是这种日子，所以认识好几个市政府福利部门的人。但我打电话过去肯定也没用，所以我把他们的电话号码告诉你。以后要是再碰到不开心的事，就给那边打电话吧。你都十二岁了，打个电话应该还是可以的。听懂了吗？”

Forest 正战战兢兢地摸着猫咪的后背。看样子，他应该没听明白。小茜想让 Big Man 知道她能自己打电话，就用力点了点头。Big Man 尴尬地环视狭小的屋子，问道：

“要不你们今晚就睡这儿吧？”

不等两人回答，他就把毛毯扔过来了。

夜半时分，小茜醒了。起初她不知道自己身在何处，因为屋里不是一片漆黑，她也没有像平时那样尖叫。而且，这里也没有她弄掉爸爸的骨头时听见的那种声音。

是气味勾起了她的记忆。Big Man 的家充满了臭味，毛毯上的臭味尤其浓烈。

屋里之所以不黑，是因为房主把“餐垫”掀开了一个口子。口子后面，有朦朦胧胧的亮光。

可能是星光。小茜钻出毛毯，探出头去。

她没看到星星，却看到了月亮。Big Man 家的周围是树，树的后面是大海。月亮就悬在大海的上方。

月亮在英语里是 Moon。今晚的月亮，是滚圆滚圆的 Moon。

小茜穿上鞋，朝海岸走去。

月光在正下方的海面形成了一道细细的光带，看起来像极了一条路。

在想象的世界中，小茜走上了这条“光之路”。她不用脱鞋，因为这条路铺在海面上，暖暖的，软绵绵的。

嗯，明天换一条新的路走走，去更远的地方看看吧。此时此刻的小茜充满勇气。说实话，今天早上出门的时候，她很清楚自己会在傍晚时分因为害怕打退堂鼓。

但她没有回去，现在就在这里。

这个事实让小茜兴奋不已。

这种兴奋，甚至让她忘记了正独自站在空无一人的海边。她一点都不害怕。第一次独自看到的大海仿佛环住了她，紧紧包围着她，并往她体内注入了某种新的东西——跟月光很像的某种东西。

谢谢你，大海。你也要好好加油哦。

小茜以为自己的动作很轻，谁知掀开 Big Man 家的垫子时，Forest 竟然喊了起来：“对不起，对不起，对不起……”

原来他在说梦话。他明明睡着了，却不住地摇头。小茜把他的被子拉好，轻拍他的胸口。她夜半惊醒的时候，妈妈都是这样哄她的。

后来，小茜又醒了。这一回是被喊声吵醒的。Big Man 给她的毛毯太厚了，本来就不适合在夏天盖，睡出一身汗来的她掀开毯子，整个人跳了起来。说时迟那时快，一张脸出现在“门口”。来的人并不是 Big Man——没有胡子，还戴着眼镜，头上有一顶深蓝色的帽子，身上穿着水蓝色的制服。分明是位警官。

“小朋友们别怕，你们已经安全了。”

Big Man 在屋外和另一位警官扭打在一起。

“我什么都没干！我都说了，是你们误会了！”

“不许动！老实点！混蛋……不然再加你一条妨碍公务罪！”

昨天还高大伟岸的 Big Man，到了今天早上变小了，因为他的个头没有警官高。

两个扭打在一起的大人身后不远处就是大海。今天的海与月色中的海截然不同，它变成了一面镜子，倒映出天空的 Blue。那模样仿佛在说，我已经把昨天的事忘光了。小茜从昨天忍到现在的眼泪突然涌了出来。

“没受伤吧？”

警官试图抱起小茜。她却把双臂交叉在胸前，不让他的手碰到自己，还大声吼道：“你们搞错了！”

Forest 也在喊：“搞错了！”

他不是坏人！他是留我们过夜的好心人！不能放 Forest 回家去！小茜声嘶力竭地哭喊着。可才上三年级的她身高只有一米三，情绪激动的警官根本听不到她在说什么。

Big Man的双手被铐在身后。他张开藏在胡须中的大嘴，露出殷红的口腔。只听他扯着嗓子喊道：

“你们看看那孩子的背！你们抓错人了！”

“住手，搞错了！住手，搞错了！住手，搞错了！”

Forest像坏掉的人偶，不停地摇头。小茜冲到他身边，一把抓住他的手，言外之意是：“别担心！”没事的，别担心，你不笨，不是你的错。你肯定也能找到自己的路。

小茜握住那只瑟瑟发抖的手，但她不敢用力，生怕抹掉Big Man写在他手心的“福利部门”的电话号码。

小茜的手上也有。有了号码，她一回去就可以打电话了：

救救森岛，他家就住在神社附近。这不是恶作剧电话，我没骗人。小孩是不会撒谎的。比起大人，小孩撒谎的次数少多了。

小茜紧闭双眼，把嘴巴张到最大，用尽全身的力气喊道：

“他不是坏人！我们没干坏事！”

小茜是那么担心，那么难过，那么生气。可今天的天空依然一脸无辜，依然是Sky。大海也依然是荒唐的Blue。

没有时间的时钟

我戴着停止走动的手表，走在家附近的商店街上。这块表又厚又大，轮廓呈呆板的椭圆形，中间嵌着圆形的表盘。表带是金属材质的米兰表带。我戴惯了表盘更小的皮带表，只觉得手腕上的分量特别沉。

我平时都去站前的超市换手表的电池和表带。那家店铺就在DIY用品卖场的一角。谁知这一回，工作人员告诉我，这块表他们没法修。

“这块表应该有些年头了吧？无论是哪个零件出了问题，我们恐怕都很难找到新的换上去。要是您喜欢复古风格的……不如试试这款吧？”

那可不行。这块表是两个月前去世的父亲留下的。

我的父母跟着哥嫂生活，共同住在一栋双户住宅中，父母住在一楼，哥嫂住在二楼。父亲走后，母亲有事没事总给我打电话。于是在办完七七法事的第二周，我坐一个多小时的电车，回了一趟老家。这块表就是母亲那天给我的。“这表你拿回去吧，好不好？”

我的儿女早已养成用手机看时间的习惯，但我不一样。我属于出门不戴手表就浑身不舒服的那代人。但即便在我眼里，父亲的表也是落伍的无用之物，毕竟连指针都不会动了。

“我不太用这种表……”

我起初是拒绝的，但母亲不肯让步。虽然是询问的语气，却没有商榷的余地。

“遗物嘛。你就把它当成你爸的分身呗。你爸当年那么赶时髦，这块表应该不错的。”

好表。我顿时动了心，说出来有点丢人。我对名表没什么研究，但刻在表盘上的那行字，是连我都听说过的一个外国牌子。说不定它真是值钱的古董呢。

始于私铁车站的商店街上净是老旧的私人商铺，但从商铺的数量和商店街的长度来说，在这一带还是相当有名的。从头走到尾，就能买齐大部分日常所需的生活用品。

我要去的那家店靠近商店街的尽头，得走到没有拱顶覆盖的地方才行。

招牌上有三个凸起的大字“铃宝堂”，字上的金漆看起来有些剥落。只有大门周围的一圈是用砖块砌成的。就是这块招牌和这扇门，让铃宝堂在老店云集的商店街中显得更古朴。我早就知道这里有家钟表店，但从没进去过。

我在门口呆立了几秒，才意识到店门不会自动打开，便伸手去拉。

墙纸的花纹有点像波斯地毯。镶着白木框的玻璃陈列柜放在几十年前应该很新潮。拉门后面，店内的光景也仿佛定格在了很久很久以前。夕阳透过和墙等宽的玻璃窗照进店里，一如令浓妆艳抹的老妪原形毕露的镜子。墙角贴着一张钟表品牌的海报。当年才十多岁的品牌代言人如今已经是年过三十的女演员。海报中的她还有些婴儿肥，微微笑着的脸上露出酒窝。

不用说，狭窄的店里摆满了时钟。正对门口的墙上挂着形形色色的摆钟。摆锤以各不相同的节奏摆动，发出并不整齐的响声。

喀喀喀喀。

咔嚓咔嚓。

嘀嘀嗒嗒。

时针都指着现在的时间。虽然显示的略有不同，但基本都是三点五十分左右。

右手边全是玻璃展柜。上面是一排挂钟，下面是架子，摆着各式各样的台钟。这边的钟都指着“十点零九分”——钟表店一般都会把商品调节到这个时间。[①] 看过去，就好像因为我的来访，这里的每一台钟都露出愤怒的神情。

---

①这样便于展示刻度盘中央的品牌名。

左手边是柜台兼玻璃展柜，里面放着手表，以及少得可怜的皮表带。顾客大概会觉得，店主并不是真心想把那些表带卖出去。

柜子里的商品应该都是新的，可周围的环境让它们瞬间变成了落伍的老古董。

柜台后面露出一颗白发苍苍的脑袋，那人正弓着背坐在一张小桌前。

那真是一个特别小、特别窄的工作台，还没有普通办公桌的一半大。桌上放着一个小小的工具箱。剩下的空间只有一张餐垫那么大，摆着镊子、形似挖耳勺的改锥、刀尖很细的小刀等工具。它们像手术器械般表面微微发亮。连工具都是超小号，没一个大的。

“打扰了。”

白发苍苍的脑袋转了过来，隔着修表专用的单片眼镜看着我。眼镜片是卡在眼眶凹陷处的款式，所以他只皱起了一侧的眉毛。他看上去年纪很大了，跟以八十九岁高龄辞世的父亲差不了多少。

“我想请您修一下这块表……”

店老板站起身来。他坐着的时候显得挺高大，站起来才发现他其实很矮。这一点也跟我父亲很像。他们这代人的骨架都比较结实，普通的骨灰盒很难装下火化后的遗骨。

我把手表递了过去，只听见他发出既不是“哦”也不是“唔”的慨叹。卡在左眼眶上的单片眼镜也掉了下来。他及时抬起手掌，用手心巧妙地接住。

“哎哟，好老的表啊……”

母亲是这么和我说的：“你爸买这块表的时候，你应该还在念高中吧。”

也就是说，这是四十年前买的表了。有时候，我们只有在一个人去世后，才能真正了解他到底是个什么样的人。“父亲爱赶时髦，愿意花钱给自己置办行头”这种事，我原先一无所知。

母亲把手表给了我。哥哥的体型更像父亲，所以父亲那会儿购置的大衣就归了他。

“那可是在银座的西装店量身定做的大衣，至少花了他半个月的工资。”

真的假的？让人难以置信。

父亲退休前是个上班族。虽然跳过槽，可前后两个公司都不大不小，也没什么名气。

在我这个儿子看来，他就是个再平凡不过的公司职员。他们那代人大多不喜欢滔滔不绝地谈论自己，觉得很丢人。父亲也不例外，长年沉默寡言。直到快退休的时候，我才知道他在公司到底是干什么的。无论是从大学的法学院毕业后进的第一家公司，还是后来跳槽去的第二家，都是汽车零部件生产商。他在两家从事的都是会计工作。关于父亲的事业，我只听说过这些。

父亲的工作看起来很忙，每天到家都很晚。不用上班的日子，他总是在家里躺着。我几乎没有跟他一起出去玩的记忆。父亲退休前留在我脑海中的形象，不是西装革履，就是穿着宽松的睡裤。

他的工资应该也不是很高。供我们兄弟俩上了大学，照理说我没什么资格埋怨他，但是在哥哥考上大学，我即将迎来高考的时候，时不时会出现便当里没有红肉的情况。竹轮和鱼肉香肠成了主要的配菜，寿喜锅里放的也是猪肉[①]。母亲开始外出打零工。眼看着电视的显像效果越来越差，也一直没换新的。连我这个孩子都能察觉到，我们家的经济状况不容乐观。

但就在这个时期，父亲买了高档手表，还量身定制了大衣？

在父亲的葬礼上，母亲流着泪说："像你爸那么好的人上哪儿找……"但是随着时间的流逝，她变得愈发冷静，也愈发现实。渐渐地，她开始在我们面前埋怨父亲，时不时还会披露一些我们从没听说过的小插曲，言外之意是，"我熬那么多年也不容易"。

"你爸当年可要面子了，总是花大价钱给自己买好衣服穿。我穿的可都是打折货。"

长大成人后，我们学会客观地审视自己的父母，就会发现他们不过是普通人，与他人并没有什么不同。当然，这里的"普通"既有褒义，也有贬义。当自己的年龄超过记忆中的父母时，这种感受尤其强烈。

可是无论怎么说……

①一般用牛肉，但牛肉较贵。

作为被迫吃了好几年竹轮和鱼肉肠便当的儿子，我还是有些不满。母亲还说，父亲晚归也是很可疑的。“天知道他跑到什么地方去了，又忙了些什么。每天这么晚回来，可不全是因为加班。”

店老板的赞叹让我有点飘飘然。于是我不禁得意扬扬，说了句多余的话：

“听说这表还是有点档次的。”

店老板回了我一个苦笑。他身材消瘦，手指却很粗。只见他轻抚表盘上的品牌名字，用医生告知诊查结果的口吻说道：

“这表放在当年吧，也算是高档货，但只有赶时髦的俗人才会买。这个牌子对外宣称自家的表都是瑞士产的，其实，都是巴西的工厂做的。”

言外之意是“我是能看表识人的”。父亲都去世了，可我这个儿子还对他一知半解呢。看来这位店老板虽然懂表又爱表，却不擅长跟人打交道。他没察觉到刚才那番话让我有些窝火。

“这是家父的遗物。”

我话中带刺，他却丝毫不显得尴尬，只是回答：“哦，那可真是……”

话虽如此，四十年前的机械表却令他的精神为之一振。他把父亲的表摆在工作台上，用形似钢笔、头呈刮刀状的工具撬开表盖。我隔着柜台，观察他的一举一动。大大小小的齿轮在手表中勾勒出复杂的几何图形，好似一座微缩工厂。

他把单片眼镜重新戴好，侧脸上的皱纹似乎一下子变深了。

我问："能修好吗？"

老板没有看我，仿佛在跟手表交流一样。

"啊，是这个螺丝坏了吧。稍等啊，我这儿说不定还有同款的螺丝。"

这话听起来特别可靠，冷冰冰的态度好像也瞬间升华为巧匠的执着。

老板消失在挂摆钟那面墙的左侧，里面好像是他的住处。出入口没有装门，挂着珠帘。这珠帘应该也有些年头了，每颗珠子都是亮樱蛤的形状，也许是老板娘挑的吧。只是珠子上的樱粉色都掉得差不多了，只剩下一片灰。

工作台后面那面墙上也摆放着形状、大小各不相同的时钟，每款都很有时代感。光看这个区域，颇有些古董店的感觉。

这面墙的正中央有一台红褐色的挂钟，体积很大，边缘装饰着浮雕。下半部分，也就是钟摆所在的位置装着玻璃片，上面印着三个横写的金字：铃宝堂。

挂钟旁边是一款设计考究的壁式挂钟。钟的顶部装着一个木雕的鹿头。

挂钟下面还摆着几个台钟。

这些钟都没有挂价签，可能是用来彰显这家店的悠久历史，也可能是老板的私人藏品。它们看起来不像是特别贵重，却经过精心打理。木头、五金件、玻璃和塑料都显得古色古香，富有光泽。和正对着门的那些蒙尘的摆钟一对比，差距就很明显了。

这时，亮樱蛤珠帘晃了一下，老板回来了。他用手掌托着什么东西。我离得太远，看不清楚，应该是某种小零件吧。他走得特别慢，不知道是怕零件掉了，还是腿脚不好。

“装上这个应该就能动了，不过其他地方也有些磨损，得顺便检修一下，可能要花一点时间。您不着急吧？”

我点了点头。反正我有的是时间。今天是工作日，但我失业了。

工作台上还有一个钟，老板把它挪开了，看来准备先修我的。

父亲的手表完全被拆开，连表带也被卸下来了。老板用微缩版老虎钳固定住表盘。他的每一个动作都很从容，就像慢动作回放，完全不在乎还在一旁等待的我。

他用小小的改锥拆下螺丝，喘了口气，再把手指搭在靠近镊子顶端的位置，轻轻捏起芝麻大小的新螺丝。

他要花的时间可能不止“一点”。要不找个地方打发打发时间？可我想不出合适的去处。店里也没有给客人坐的地方，我只能傻站着看他修表。

“嗯，没问题，就是这种螺丝。”

老板仍然盯着工作台，但这话应该是说给我听的吧。父亲的表看起来真的能修好。

“既然拆了，我就顺手清理一下吧。”

老板拿起了另一种工具。

这道工序他怕是已经反反复复做了几十年。虽然缓慢，却没有丝毫多余的动作。使用的工具都整整齐齐地摆在桌上，而他的身体仿佛也记住了工具各自的位置，不用看也能毫无障碍地更换。表盘的面积和五百日元的硬币差不多，却挤满了细巧的齿轮与螺丝。他用看似笨拙的粗壮手指，完成了一个又一个细腻的动作。

每一个动作都是无比细致的手工活。老板都一把年纪了，手还这么稳，真是太了不起了。我可学不来。我的工作——曾经的工作，是广告公司的销售。

本想跟老板随便聊聊，但一想到他在做的事情是那么细致，我就不敢打搅了，生怕分散他的注意力。他主动跟我说话的时候，用的也是闷闷的、轻轻的声音，说不定是怕气息把零件吹跑了。此时此刻，他正握着一把微型锥子，打磨着手表中最小的齿轮。

突然，某种声响从我的右手边传来。

“咕咕。”

“哇！”我吓得喊出了声。

声响来自正对着门口的那面墙，一只“鸽子”从其中一只摆钟里弹了出来。

咕咕。咕咕。咕咕。

现在刚好是下午四点。老板微微一笑：

“您没怎么见过鸽子钟吧？其实现在偶尔也会有客人来买。”

“那倒不是，我家原来就有一个。”

那时我应该还在上小学。但我就是不喜欢鸽子钟，只觉得它发出的声音太刺耳、太吵，一点都不考虑别人的感受。假的黑眼珠也显得特别诡异。突然响起的钟声简直像刺进心脏的利器一样。白天听听也就算了，晚上听的话太煎熬了。

即使是孩子也会失眠。要是在深更半夜听到鸽子钟的响声，下意识地数起鸽子叫的次数，那就更难睡着了。为了作业和考试熬夜的时候，叫声成了残酷无比的倒计时。

要是房子够大，装一个倒也无伤大雅。问题是我们当时住的是父亲公司的职工宿舍，两室一厅。我跟哥哥共用一个六叠大的房间，而这个房间就在鸽子钟所在的客厅隔壁。宿舍的墙壁又薄，害得我每隔一小时就要听鸽子叫一次。父母买这个钟，也许是想在狭小的临时宿舍营造豪华起居室的氛围。

后来，他们应该也烦透了鸽子钟。父亲在四十三岁那年买了房子。在收拾东西准备搬家的时候，他说了一句让我特别开心的话，我至今仍记得清清楚楚。

“鸽子钟就不带走了，送给宿舍的邻居吧。”

老板瞥了眼自己右手边的挂钟，说道：

“这个钟是德国货，整点弹出来的不是鸽子，而是布谷鸟。这种钟的发源地就是德国，德国货里装的都是布谷鸟。但是日本人不是也管布谷鸟叫‘闲古鸟’[①]嘛，多不吉利啊。所以传到日本就成了鸽子钟。”

我细细观察墙上的鹿头挂钟，发现它不光有钟摆，还拴着形似松果的坠子，跟我家当年用的那款鸽子钟一样。

“这钟是我五十五年前娶老婆的时候买的。”

这鹿头钟是不是也要叫了？我顿时紧张起来。可仔细一看，它的钟摆并没有动，指针也停在两点的位置。

人不可貌相，没想到老板这么健谈。不过他爱聊的可能仅仅是钟表这个话题。至于闷闷的声音，好像是年龄造成的。我意识到说话并不会妨碍他干活，就试着问道：

“这家店好像在这儿开了很多年吧？”

“嗯，是啊。”

“是不是战前开的呀？”

我之所以这么问，是因为挂钟玻璃片上的“铃宝堂”是从右往左写的。老板却摆了摆没忙活的左手，仿佛在掸落我的疑惑。

“哪有这么久呀。”

“也是……”不然也太夸张了。

---

①“閑古鳥が鳴く”是一句日本俗语，意为“生意冷清”。

“我父亲当年也是开钟表店的，但那家店在空袭的时候被烧光了。直到昭和三十四年，我才搬到这里，开了这家店。”

挂钟整体呈红褐色，但有几处黑色的污渍。听他这么一说，我越看越觉得那些污渍是焦痕。反正无论如何，这都是一家老店。

昭和三十四年。那时我刚出生没多久。这家店的店面应该装修过一两次，但建筑本身好像没有什么改动。收藏着我童年时期的黑白照片的相册里，恐怕就有风格相近的房屋。

摄影是父亲唯一的业余爱好，他给我们兄弟俩拍过许多照片。当时很少有孩子能享受这样的待遇。他用的相机是奥林巴斯的，我一直以为那是家家户户都有的大众款。莫非那个相机也是高档货？

老板继续埋头于细致的工作。可我实在很闲，只想继续和他聊下去，听他讲讲钟表小知识也行。

“那是迪士尼钟吧？”

我说的是鹿头钟正下方的箱型台钟。刻度盘上印着翩翩起舞的白雪公主和两个小矮人。

台钟整体呈亮红色。长方形的刻度盘是用玻璃罩住的，周围装饰着黄色的镶边和红色的小星星，乍一看就像是在珠宝盒上装了两根指针。

从前，我每年暑假都去千叶的亲戚家。表姐的房间里就摆着这样的钟。那时我们还是小学生，会一起去千叶的海边游泳，记忆中还有穿着泳裤的父亲。那条泳裤看上去就像拴着腰带的拳击裤。想来那时父亲还是会陪我们出门。

“好怀念呀……”实不相瞒，表姐久美是我这辈子喜欢的第一个人。

老板抬起头喃喃道：“这是我女儿出生时买的纪念品。”

说到这儿，他对着钟表的侧脸好像慈祥了许多。

“四点四十七分，是凌晨四点。”

“哦……”

“因为难产，一直拖到凌晨才生下来。”

原来是这样。

“也就是说……这个时钟记录了您女儿出生的时间？”

老板微微颔首。

我是几点几分出生的？我从没问过自己的父母，觉得有些难为情。没有父母的结合，就不会有孩子的诞生，但作为孩子，很多时候都不愿去想象那一幕。反正父亲不在了，害羞也就少了一半。下次找机会问问看吧。

话说回来，我还记得自己在电影院看的第一场电影，是迪士尼的动画片。

《一百零一条斑点狗》。父亲应该不在，是母亲带着我们兄弟俩看的。

我只跟父亲看过一次电影，在我四年级还是五年级的时候，看的是《007》系列中的一部，故事发生在日本。他会跟我们一起去，大概是因为他自己也想看。

也许他真的是个爱赶时髦的人，不过是去隔壁小镇看个电影，都要穿西装。电影情节我早就忘了，却偏偏记得那天父亲穿着西装。因为看完电影后的重头戏，是去百货商店的餐厅吃饭。吃饭时发生的一件事，我至今仍记忆犹新。

父亲点了一份炖牛肉。他在我们面前装出经常吃这道菜的样子，但事实证明他应该没吃过。因为他不知道炖锅很烫，居然伸手去拿。这下可好，手一松，锅就翻了，浅灰色的西装上沾满了汤汁，惨不忍睹。我和哥哥立刻起哄道："粑粑汤，粑粑汤。"回家路上，母亲抱怨个不停："不会吃就别点嘛。"

父亲的确是个爱面子的人。

但我记得这件事，还有另一个原因。不知道为什么，家里还留着那天拍的照片。看完电影后，母亲、哥哥和我站在街角，摆出一本正经的表情，拍了这张照片。在父亲去世的第二天，为了找一张合适的照片作为遗像，我们翻阅了家中的相簿。一看到这张照片，哥哥就用无比怀念的语气说道：

"啊，这张照片是老爸打翻炖牛肉那天拍的吧。这么多年过去了，可我一想起他那时手忙脚乱的模样就想笑。我还记得这张照片是看完《007之雷霆谷》后拍的呢。"

父亲每年都会发几次"火山喷发"级别的火。遭罪的自然是我们兄弟中的一个，有时是两人一起挨骂。最要命的是，他的怒气往往毫无来由。哥哥说每次挨骂，都会在脑海中反复回想父亲那天的狼狈模样，来自我安慰。

年轻时拍的照片也可以，最近还挺流行用老照片呢——殡仪馆的工作人员对我们说。要是能找到父亲在“炖牛肉事件”那天拍的照片，我们肯定会毫不犹豫地拿它当遗像。

迪士尼钟旁边的台钟也勾起了我的怀旧情结。

那是一座粉色的长方形台钟，但装在罩子里的并不是刻度盘，而是三块标有数字的薄木板。

这是所谓的“哗啦钟”。

右边的薄木板是每分钟翻一页，中间的是十分钟翻一页，左边的是一小时翻一页。工作原理跟车站、机场当年用的时刻显示牌一样。说得绕一点，就是“数码钟”。刚上市的时候，大家还觉得它和指针钟不同，是划时代的新产品。谁知没过多久，它就被货真价实的数码钟取代了。

上高中时，我的房间里就放着一个被父亲淘汰的哗啦钟。

买房子的代价，是父亲的通勤时间变成了单程两小时。他通常比母亲更早起，于是卧室里配了两个闹钟，一人一个。后来，父亲换了工作单位，用不着闹钟了。而我那段时间特别贪睡，母亲老埋怨我：“我叫你好多遍，你就是不起来！”所以闹钟就归我了。

哦，看来手表并不是父亲传给我的第一个“钟表”。

“那个台钟也很有味道，是哗啦钟吧？”

“啊，您说那个翻页钟啊。那是我老婆用过的钟。我们家最不缺的就是钟了，可她一直不肯换。其实那个钟还可以动。”

老板大概把收藏的钟当成了家庭相簿。恐怕只有钟表店老板才能拥有如此奢侈的相簿。

忽然，我想通了一件事。

我没什么“和父亲一起出门”的记忆，是因为我家的相簿里很少有我们跟父亲一起拍的照片。不少才怪呢——因为父亲总是负责拍照的人。

“那个是不是纪念外孙生日的钟？”

在“古董陈列区”里，有一个比较新的闹钟，上面印着《美少女战士》中的人物。我女儿小时候也让我买过类似的钟。明年春天，女儿就要结婚了。

我以为自己猜对了，老板却没有吭声。他正忙着用手按式除尘器清理手表中那些肉眼看不见的灰尘。

“不好意思，打扰您工作了……”

老板这才停下手来回答：“不，那也是我女儿的。”

如果他婚后不久就有了女儿，那她应该也有五十多岁了。没人规定大人不能用小孩的钟，可……

老板按着除尘器的气囊，往手表上吹气。每一股气流，都像他的叹息。

“我女儿是个长不大的孩子。她妈妈生她的时候拖得太久，久到她的大脑都缺氧了。所以……留下了后遗症，智力有点缺陷。”

我故作愚钝，试图赶跑突然变得凝重的空气。

“那这个钟纪念的是什么日子？”

钟的指针停在八点三十七分的位置。成人礼？不对，应该不是成人礼。《美少女战士》是我女儿快上小学那会儿放的动画片，所以这钟肯定是二十多年前的东西。

老板隔着单片眼镜俯视父亲的手表，幽幽地说：

“那是她去世的时间。”

咕咕。一只鸽子从我的胸口弹出。

“难产不光伤到了她的大脑。她刚出生的时候，医生就告诉我，她活不了太久。”

老板弓着背坐在工作台前，仿佛不是在跟我说话，而是在对手表中的小齿轮倾诉。

“既然记下了她是什么时候来的，也得记住她是什么时候走的呀。”

四周的钟摆发出的响声，在那一瞬间涌入我的耳中。

喀喀喀喀。

咔嚓咔嚓。

嘀嘀嗒嗒。

老板起身离开小小的工作台，拿起迪士尼钟，用介绍钟表小知识的口吻对不知所措的我说道："你瞧，只要像这样把时针拨回去，就能把时间推回她出生之前了。"

说着，他转动迪士尼钟背后的旋钮。眼看着凌晨四点变成了凌晨三点、两点、十二点……最后，时针停在九点的位置上。

"老婆难产的时候，医生跟我说，'保险起见，还是剖腹吧'。"

迪士尼钟的白雪公主保持着永恒不变的笑容。老板看着她，继续说道："可我是这么回答他的——'别在她身上动刀子！'我是怎么说出这种话的啊。事后回想起来，不就是剖腹产吗，何必呢。老婆比我小八岁，真不是我自夸，她长得的确很漂亮。我大概把她当成了名贵的高档手表。您也知道，一点点小瑕疵，也能葬送一块好表。"

我只能默默听着。老板好像也没指望我的回应。他应该……不是在跟我说话。

我将视线转向哗啦钟，依稀觉得眼前正是老板娘本人。我本以为她就在里屋。那个钟显示的时间是六点多。

老板回到工作台，用形似牙刷的小刷子擦拭手表的背面。忽然，他好像想起了我还在店里，喃喃道：

"我老婆还活着，应该还活着吧。那个翻页钟记录的就是她离开这里的时间。"

六点十七分，是上午还是下午？

傍晚回家一看，老板娘不见了。或许是早上起床一看，老板娘没影了。或者是老板娘离家的时间，六点十七分是她打电话跟老板告别的时刻。

但我觉得，无论是哪种情况，这件事恐怕都发生在他们的女儿去世后不久。

哗啦钟应该是没法倒拨的。要回到一分钟前，就必须往前拨二十三小时五十九分钟。即便如此，老板却依然想把这个钟的时间往回拨？幻想着要是在六点十七分之前做点别的事，或是说些别的话，她也许就不会走了……

“好了，弄完了。”老板拿着父亲的手表，回过头说道。

“真不好意思，还麻烦您让我插队……”

我进店时，老板正在修一块怀表。

“哦，您误会了，这块表不是客人的。”

怀表的指针跟挂钟一样，停在十二点三十分过一点的位置。

“钟表这个东西啊，需要时不时拿出来保养一下，否则就真的走不动了。‘特意让它停着’跟‘走不动’可差远喽。”

我本想尽快告辞，谁知老板拿父亲的手表当“人质”，说个不停。

“这是我父亲的表。他跟我姐姐一起死在了那场空袭里。店铺和我们住的地方都被燃烧弹毁了。”

喀嗒喀嗒。

咔嚓咔嚓。

嘀嘀嗒嗒。

“我父亲也是开钟表店的。啊，刚才告诉过您了吧？当时我还在上学，空袭当天去军需工厂干活了，这才逃过一劫。回家一看，出现在眼前的是一片焦土，只剩钟表在废墟中一分一秒地走着。有些停在空袭发生的时间，有些还能动；有的指针才动了几下就没力气了；还有的分针转得特别快，停都停不下来。在那个瞬间，我突然意识到，时钟铭刻的时间其实不止一种，人世间有许多各不相同的时间。您是不是觉得我在说胡话呀？”

我唯一能做的，就是给他一句模棱两可的回应。

“呃……没有，还好吧。”

老板开出的账单上写着“一万八千日元”。我不了解修表的市场价，只觉得这价格太高。对我这个失业的人来说，一下子花这么多钱相当心疼，而且我根本没打算戴这块表。他就不能先给我个报价吗？

然而，钱包里刚好有足够支付修理费的钱。再说，我刚才还趾高气扬地说那是父亲的遗物，这时总不能赖账吧。

而且，我不想被老板看扁，虽然这位老人不可能知道我现在没有工作。

把钱递过去的时候，我忽然想起了一件事。

父亲买下这块手表的时候，也是我的便当配菜变成竹轮和鱼肉肠的时候，刚好与他跳槽的时间重合。

他也许是觉得，新的公司会给他开更高的工资，也可能是不想被新同事瞧不起。或者是误以为自己能做些会计以外的工作，一时激动才买下来。

父亲本想当个律师，大学也是在法学院就读。谁知没等到毕业，入伍通知来了，只能上战场。好容易盼到战争结束，回到熟悉的课堂，却发现所有的法律都变样了。他肯定不甘心在平凡的公司当一辈子的会计科长。作为儿子，作为男人，我特别能理解他憋在心里的那口气。

可惜我已经没有机会与他畅谈往事了。就算他还在，也绝不会回答我的疑问，他是那么不喜欢谈论自己。

"谁都会有想把时针往回拨的时候吧。"老板说道。

听他的口气，我要是不给他点回应，怕是走不了了。这回，他又挟持了找给我的零钱。

他肯定很想找个人聊聊这些往事。也许一有人来这里修钟表，他就会情不自禁地找机会说说，倾诉心中的悔意，告诉对方："我本可以活成另一种模样。"

"您应该也有过吧？"

老板露出微笑，仿佛在邀请我走进他的小世界。

如果真有，那就是现在，此时此刻。

两个月前，我毅然选择了辞职。眼看着还有三年就能退休了，公司却突然把我调到了其他部门。照理说，我们公司是不可能在夏天进行人事调动的。入职后，我做的一直是销售方面的工作，但一纸调令让我去了总务科。

至于这份调令缘何而来，我心知肚明——我常跟新上任的局长发生冲突。他才四十多岁，年纪比我小很多，总是忽视常年合作的客户，找那些在我看来风险很大的创业公司做提案，我特别看不惯。局长深受公司高层的器重，自然想除掉我这颗眼中钉。

反正就剩三年，熬一熬就过去了。我并非没有这么安慰自己。不想以无业游民的身份出现在女儿的婚礼上，也是让我犹豫不决的理由之一。

但是在接到正式调令的第二天，我还是把辞呈甩到了局长的办公桌上，正如我无数次幻想过的那样。妻子对我说了两个字："固执！"也许我不是固执，而是得了父亲爱虚荣的真传。

当时的选择真的明智吗？现在的我有些动摇。因为我发现，我这个年纪想再找到工作简直是做梦。最近我甚至会想象自己没有递辞呈，而是老老实实去总务科上班的模样，说出来真丢人。

思索片刻后，我这样回答老板：

"不，我没有。"

即便如此，时钟指针存在的意义还是不断地往前。就像父亲给我的哗啦钟一样，只进不退。

“哼……”

听到这话，正要往工作台走的老板用鼻子呼了口气，回过头来。只见他撇着一侧的嘴唇，一脸坏坏的表情。

“告诉您一个小秘密。”

“哦？”

“这块表是冒牌货。”

果然，父亲还是我熟悉的那个父亲。无论他自己知不知情，我的父亲都是个和高档名牌不相称的人。

“哦……”

老板发现我的声音中竟有几分欣喜，不由得露出惊讶的模样。然后，他走回了那张小小的工作台，拿起怀表，再次沉入属于他自己的时间。

成人礼

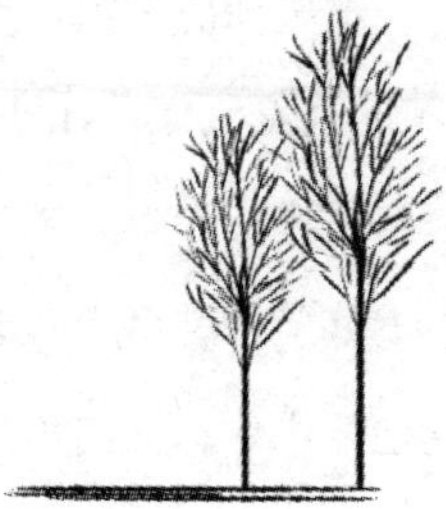

铃音在笑。她的笑脸灿烂得像个小太阳。

她扎着两条小辫子，戴着发箍。发箍上伸出几根钢丝，顶端夹着一个用厚纸板做的金色圈圈。那是天使的光环。

铃音在唱歌。那是后天要在幼儿园汇报演出上表演的节目。她才四岁，话还说不利索，唱得也有点走音。没事的，这只是暂时的。过不了多久，她就会长成一个拥有动听歌声的小姑娘了。

铃音开始跳舞了，像极了电动洋娃娃。她一手拿着毛掸，代替正式演出时用的那种顶端带星星的“魔杖”。

她跳到沙发上，一边蹦跶，一边练习台词。她的台词只有一句：

“我是天使。让我来‘视线’你的愿望吧。”

同样的台词，她翻来覆去说了好几遍，毫不厌倦。那模样实在太好笑了，我甚至都不想纠正她的口误了。但是听着听着，我还是没忍住，笑出声来：

“哈哈，不是‘视线’，应该是‘实现’吧？”

听到这话，铃音把嘴巴张成了瘦长的椭圆形，随后用双手捂住小嘴，眼珠滴溜溜地转向正上方。也难怪，她才四岁。小脑袋里在想什么，我一看就知道了。“啊，糟了，咦？”她先是吃惊，随即意识到自己说错了，然后陷入了迷茫。顷刻间，她的五官就跟包子的褶子似的挤到了脸的正中间。这是难为情的笑。

“搞错了。”

“没关系，练一练就好了。”

“练‘实现’。实现你的愿望吧，实现你的愿望吧，实现你的愿望吧。”

这回，铃音干脆跳上了矮桌。

“哎，不行不行，不能上桌啊。”

三十三岁的我，是个对女儿百依百顺的父亲。我也知道自己完全没拿出教育孩子的口气。见状，铃音更得意了，挥着掸子跳来跳去。突然，她脚下一滑，一头栽在地上。

“没事吧？”

我顿时慌了，女儿可是我的心头肉。但我还是没有放下正处于拍摄状态的摄像机，真是够傻的。铃音放声哭起来，代替她回答我的是站在身后的美绘子。

“没事啦。”她冲过去抱起铃音。

“好像撞到头了。要不去医院看看吧，免得——”

美绘子很是无语：“这样就得上医院，那你女儿每周都要去医院报到三次了。”

平时很少陪女儿的我无话可说。对我而言，这天是阔别已久的假日。我在一家做系统工程的公司当销售，经常加班，休息日去公司也是家常便饭，每天回家都只能看到孩子的睡容。

“哪里痛？撞到这里了。好了好了，噗噗啪啪，痛痛飞——”

妻子轻车熟路地念起神奇的咒语。渐渐地，铃音开始边哭边笑，还鹦鹉学舌道：

“痛痛飞——”

“痛痛飞——”

先笑，再哭，再笑。娃娃脸，六月天。

这时，美绘子怀中的铃音说道：“爸爸，一定要来看我表演哦。”

“嗯。”

“一定要来哦。”

“嗯，说定了。”

可我到头来还是没去。产品突然出了点问题，我被叫去客户那儿。作为销售员，我的工作其实是陪着捅娄子的工程师上门道歉。就算我不去，也不会有人犯愁吧。真有人犯愁，那也是担心不去会影响人事考评的我。

一年后，铃音上了大班。幼儿园最后一次汇报表演，我无论如何都要去看。谁知在表演的前一天，铃音染上了腮腺炎，自己也没去。

客厅只亮着夜灯。电视屏幕在黑暗中切出一个四四方方的洞。录像中的铃音才四岁，我对她说：

“对不起啊，爸爸食言了……”

突然，客厅的大灯亮了。见我正在看摄像机拍的录像，身后的美绘子说道：“还没睡啊。”

我连忙去摸放在一旁的遥控器。我已经把音量调得很低了。然而声音一旦从屋子里消失，取而代之的就是无底的寂静。

美绘子在睡衣外面套了一件开衫，她收了收衣领，说道：

“老公，我们不是说好……”

“我知道。”

她没把后半句话说出口，整句话应该是这样的——“我们不是说好了以后不看录像的吗？”

“对不起，一时没忍住……”

我知道她是怎么想的。看那些录像，就等于往我们夫妻的伤口上撒盐。我明明不想看，却总是情不自禁。

铃音已经不在了。

我们的独生女在五年前去世了。那年，她才十五岁。悲剧发生在她即将升上高中的那个三月。

那天发生的种种还历历在目，鲜明得好似摄像机拍摄的录像。

我在脑海中回放这段记忆，一遍又一遍，一遍又一遍。

三月初的星期三。一个寒风刺骨的早晨，冷得仿佛随时都会下雪。

我们公司的工作时间不太规律，所以上班时间比较晚。而铃音走到学校要十五分钟，平时都是她比我先出门。

但那天早上，铃音在洗脸台前磨蹭了好久，嘟囔着“头发的造型弄不好”。我心想，她留着座敷童子似的童花头，有什么好纠结的，怎么弄都没区别吧。

当然，她是在向母亲美绘子嘟囔，没我什么事。我跟铃音已经整整两天没说过话了，因为她在房间里听音乐的时候把音量调得太大，我说了她两句。就算没这回事，铃音平时也不爱搭理我，能少说一句就少说一句，也不知道她是从什么时候开始疏远我这个父亲的——只希望十五岁的少女都是这样。

我早就收拾好了。见女儿迟迟不出来，我看着钟，故意用洗脸台那儿的铃音也能听到的音量问美绘子：

“还没弄完吗，再不走要迟到了。”

冷战那么多天，也该跟女儿和好了。其实我已经准备好了，却喝着餐后茶消磨时间，正是为了跟铃音一起出门。从我家走到公交车站只需要两三分钟，但我还是想利用有限的时间跟女儿说上一两句话。

就在我放弃等待走向玄关，拿起鞋拔子的时候，铃音终于现身了。她跟其他初中女生一样，不穿大衣，也没穿连裤袜，一副要风度不要温度的架势，只在脖子上缠了一条格子花纹的围巾。那是我去年送她的圣诞礼物。

近两三年的经验让我深刻体会到“父亲送时髦的礼物给正值青春期的女儿”是多么危险。话虽如此，毛绒玩偶和玩具之类的东西已经讨不了她的欢心了。美绘子给我提供了一个思路：“她好像说过想要一条格子花纹的围巾。”而女儿最喜欢的颜色是绿色。我就靠着这两条线索，逛了好几家店，老老实实听从年轻店员的意见，好不容易才选中了这条围巾。打开包装盒后，铃音立刻给了我两个字：“真土。”她应该从没戴过这条围巾。

铃音没看我的脸，却主动对我说：

“我走了。”

围巾貌似是和好的信号。我使劲控制住表情，没有笑出来，用冷淡的口吻掩饰心中的羞涩与欣喜。

“嗯，赶紧走吧，就剩十二分钟了。”

这是我对铃音说的最后一句话。没等我穿好鞋子，她就打开房门，独自“飞”进了寒风中。然后，她真的飞走了。

“就剩十二分钟了”，指的是“离上课时间还有十二分钟”。

我为什么要对她说这种话呢？自那天起，我无时无刻不在反思这个问题。

铃音因车祸而死。在过一条没有红绿灯的马路时，她被一辆卡车撞了。

要是我没在她出门时催促她，而是叮嘱她“慢慢走，当心点，小心车子”呢？要是我没有难为情，而是喊住她说，“跟爸爸一起走一段吧！”……我追悔莫及。

直到今天，我仍会想象自己和铃音一起出门，一起走到公交车站的画面。想象中的铃音总是边走边跺脚。

“快点呀，不然要迟到了。”

而想象中的我，要比现实中的更善解人意。

“没关系啦，爸爸以前也经常迟到的。”

然后再跟她讲讲我当年是怎么翻过学校正门附近的铁丝网，穿过校园冲进教室的。

我想象过无数种台词、场景、剧情。每一个版本的结局，都是铃音平安无事，还活在这个世上。

要是她能晚几秒或是早几秒过那条马路，就不会出事了。

现实中的我在上公交车的时候听见了救护车的警笛声。车里有个老婆婆自言自语：“一大早就这么不太平……也不知道出什么事了。”我也在心里嘀咕，怎么搞的，一大早就这么吵。

那一阵警笛声，也成了我耳中无法消失的疮痂。

我在电车上接到了美绘子的电话。周围太吵，我听不清她的声音，还以为是自己忘带了什么东西，语气中没有丝毫的紧张感：

“我在车上呢，到站了再打给你。”

可美绘子没有停下。直到这时，我才察觉到电话那头的她在哭。

电车停在下一站的时候，我急忙冲下来。那天的事我都记得很清楚，可不知为什么，唯独从车站到医院这一段是模糊的，我甚至不记得自己是在哪一站下的车。只能想起好不容易打到的车是黄色的，还有报出医院的名字后，司机问了一句：“太太要生啦？”仅此而已。上车后，我也给美绘子打过电话，但没打通。医院四四方方，颜色阴冷，好似一座石碑。在这之前，我都不知道家附近还有这样的地方。

铃音躺在重症监护室的病床上，昏迷不醒。罩着人工呼吸机的脸上毫无血色，表情痛苦。

美绘子守在床边，一遍遍呼唤女儿的名字。

铃音发出微弱的哼声，而且是连续不断的。我甚至觉得她不是在呻吟，而是在唱歌。

她是个热爱音乐的孩子。也许是太难受了，所以才想用乐曲的旋律鼓励自己；也许她的脑海已一片混沌，而她正在混沌的梦境中歌唱。事到如今，我也不可能向她求证了，只愿她当时吟唱的是一首欢快的歌。

美绘子一边跟女儿说话，一边轻抚她的手臂："噗噗啪啪，痛痛飞……"

原则上家属是不能随便碰病人的，但护士没有劝阻。现在想来，她们大概已经凭经验推断出铃音没救了。

医生告诉我们，铃音能撑过去的概率是百分之五十。我和美绘子才意识到，本不可能走在我们前面的女儿正徘徊在生死边缘。当然，那时我们还认定女儿能成为那幸运的百分之五十。

可硬币落地后，朝上的是反面。

呼叫一一九的是肇事的卡车司机。据说他还上了救护车，陪着铃音一起来了医院。刚听说这件事的时候，我们还以为是一起不幸的事故，不是任何人的错。可后来警察才查出司机是醉酒驾驶，之所以跟到医院，是为了争取代谢酒精的时间。然而他体内的酒精浓度不是很高，没有达到"危险驾驶致死致伤罪"的标准，没判几年，现在已经出狱了。要不干脆查出他的住处，开车碾死他给女儿报仇——我曾无数次动过这个念头。

不对，应该说我现在仍然是这么想的。

星期天早晨，我下楼一看，发现餐桌上铺着三块餐垫。

现在的我过着有假必休的日子。铃音出事那年，我停职休息了一段时间，后来又主动要求公司调我去其他部门，因为我已经没有力气继续做销售了。

其实我早就该换部门的，这样能有更多时间陪铃音。天天加班、双休日也不在家的日子，不仅限于铃音上幼儿园那会儿。她上小学的时候，上初中的时候，我都没有好好陪过她。

餐垫上放着三人份的餐具和小菜。我没有看美绘子的脸，只是开口问道：

“不是说好不这样了吗？”

“土豆多出来了呀，不用多浪费。”

铃音特别爱吃西班牙蛋卷。参加学校网球社那阵子，她的饭量比我还大。只要美绘子做这道菜，不管是面包还是米饭，她都能吃很多。

“鸡蛋也要过保质期了。”

在铃音走后的很长一段时间里，美绘子保持着做三人的饭菜的习惯。不是用来供在灵前的小份饭菜，而是正常的分量，不多不少三人份。七七法事做完了，两个月过去了，美绘子还是找各种借口。“我一直都是做三人份的，不会做别的分量”，“铃音就爱吃这个”……如此这般。

三个月后，我对她说：“这样下去不行。”在美绘子心中的伤口愈合之前，我负责做早饭，晚上干脆出去吃。

从那以后，只有在生日、圣诞节、元旦这些特殊的日子，我们“一家三口”才一起吃饭。

我知道美绘子为什么突然做了三人份。不关土豆的事，也不是鸡蛋的问题，都怪昨天寄到家里的宣传册。

昨天下午，美绘子拿回了塞在信箱里的晚报和邮件。在整理邮件的时候，她突然喊了一声：“啊！”

“怎么了？”

只见她拿着一个长方形的大信封，用瑟瑟发抖的手指撕开封口，拿出里面的东西，随即用力撕扯起来。那是一本宣传册，封面是粉色的。这时，她意识到整本一起撕是撕不动的，便一页一页地撕下来，揉成团，往垃圾桶那边扔。一边扔一边怪叫，像极了一只被惹恼的猫。我一开始还以为她精神出了问题。

“你这是干什么！到底怎么了？”

我瞥了一眼被她胡乱撕开的信封。收件人的名字竟是铃音。

美绘子正在疯狂撕扯的东西，是和服的宣传册。封面用的纸张太硬，揉不成团，所以她只能像绞抹布那样把它绞成条状。上面分明写着“成人礼”和“振袖系列”这几个字。[①]

肯定是和服公司照着没有及时更新的居民名簿寄来的，也不知道他们怎么弄到了那些数据。

撕着撕着，美绘子冲上二楼。她扔出去的纸团都没有进垃圾桶。

---

①日本女孩通常穿振袖和服加裙裤参加成人礼。

我只能把它们捡起来，撕得再碎一点，揉得再密实一点，然后统统塞进垃圾袋。

“今天就破个例吧。我突然想吃蛋卷了。”

其实美绘子不爱吃鸡蛋。于是我们不声不响地吃了起来，跟平时一样。

我也想打破沉默，却不知道该说什么才好。

“天越来越冷了。”

“是吗？这才十月。”

“据说札幌已经下雪了，比往年早了三天。”

我只是在念报纸上的标题而已。

“今年元旦——不对，是明年元旦，要不要找个地方玩玩？”

铃音还在的时候，我们一家人每年都要出去游玩一两次。做销售的只有新年的时候才走得开，所以费用再贵，我也会咬牙带家人出去，新年的第一天通常是在外面度过的。不过比起温泉，我们更爱去滑雪场。我跟美绘子都喜欢滑雪——我们俩是在滑雪场认识的，铃音很小的时候，我就教她滑雪了。孩子走后，我们再也没出过远门。

美绘子默默摇头。我们的关系应该不算差，只是很少说话。因为我们都怕聊着聊着说了不该说的话，一不小心揭开过往的记忆。

孩子走了五年，美绘子却仿佛老了十岁。她原本是不显年龄的人，常跟我炫耀："我跟铃音一起出门的时候，大家都以为我们是姐妹。"但这样的日子已经一去不复返了。她染了头发，掩盖以前没有的白发。而且染得不是很勤，一低下头就能看到头顶的花白。

我也好不到哪儿去，才四十九岁，有时候却觉得自己已经是个老头子了。我对人生失去了兴趣，体力与精力的衰退也无法唤起我的危机感。

要是我们都不幸活到平均寿命，等待我们的将是漫长到令人厌烦的余生。

拜那本和服宣传册所赐，我们忽然察觉到，最近总能在电视广告里看到穿着振袖和服的女孩。

和服广告就不说了。明明才十一月，贺年卡、用来打印贺年卡的打印机、照相机的广告也轮番上阵。

广告代言人都是二十岁左右的小姑娘。要是铃音没出事，应该也有这么大了。

我们已经养成了习惯，一看到这样的广告，其中一个人就把电视关掉。

但不是突然拔电源，嘴上也不会说什么。我们只是不想在下一个广告时段再受一次刺激，所以在节目还没结束的时候不动声色地关掉电视，或是干脆走开。就算那个节目是美绘子每周必看的电视剧，或是我关心的体育赛事直播，我们也会装出一副"看腻了”的样子。

渐渐地，我们不怎么看电视了，就像五年前一样。

刚办完葬礼那会儿，我们也是这样。偶尔会看新闻和天气预报，可是电视屏幕上一旦出现此前三个人一起看的电视剧，或是铃音生前爱看的综艺节目，我们就会关电视。因为只有铃音不知道结局，岂不是很不公平？铃音已经没法再笑了。连开心和欢笑都会激起我们夫妻的负罪感。

我们花了好几年时间，才慢慢拾起了笑容，拾起了爱好，觉得饭菜好吃了，能喝醉酒了，能正常看电视了。可是一本宣传册又把我们打回了原形。

人们常说，时间能抚平心灵的创伤。这话大概没错，可到底需要多少年呢？

确定美绘子睡着后，我走出了卧室。闹钟的数码屏上显示的时间是“01:14”。

我蹑手蹑脚地走到隔壁铃音的房间，打开房门。

房间还保持着五年前的状态。书桌上的笔筒、时钟、迪士尼的收纳盒、书架上的书都没动。杂志也都是五年多前发行的。枕边的娃娃也只在换床单和被子的时候动一下，换好了就归位。

时间在这里凝固了。墙上还贴着初中的课程表。唯一消失的是房间的主人铃音。

硬要说这个房间和五年前有什么不一样的，恐怕就是放在书架顶上的两个塑料收纳盒。它们的盒盖都是透明的，里面装满了DVD和蓝光碟片。从铃音出生到她十五岁那年的所有录像，都刻录在那些光碟里。她刚出生那年还只有录像带，后来我把它们都翻录到光碟里了。虽然跟美绘子约定以后不再看那些录像，可我怕数据有什么闪失，还是偷偷做了备份。

我拿出其中一张光碟，悄悄走下楼，把光碟放进影碟机，打开电视。趁画面还没显示，先把音量调小。

这段录像我已经翻来覆去看过好几遍了，所以我知道最先出现在画面上的是一片雪白。

那是铃音初三那年元旦，我们一家去滑雪时拍的。那也是我们最后一次举家出游。当时还没有用手机拍视频的习惯——至少我没有。所以去滑雪的时候，我把刚买的小型摄像机塞进了腰包。

接下来出现在画面中的是正在等缆车的铃音和美绘子。铃音穿着自己选的焦糖色滑雪衫，松松垮垮的。当时我开玩笑说："当心猎人把你看成熊，一枪打死。"铃音嗤之以鼻。一眨眼，她已经长到跟美绘子差不多高了。然后我把镜头对准了女儿，一如其他有女儿的爸爸。

铃音把两只戴着手套的手举到头边，慵懒地摆了摆。

"我走了——"

录像中的声音显得很不耐烦，她是真的觉得很烦。见我把摄像机带去了滑雪场，她就没给我好脸色看。“爸，我已经不是小孩子了，别老拍我行不行。鼻涕都要被你拍到了。”

她是从什么时候开始改口叫“爸”来着？

铃音上了缆车，一只脚上套着滑雪板。一年前，她跟几个朋友一起去过滑雪场，掌握了滑雪板的玩法。女儿升上初中以后，只有在我教她滑雪的时候，才会用充满尊敬的眼神看我。没想到我连滑雪老师的地位都没保住。

场景切换到了山顶。不过这个“山顶”是位于半山腰的滑雪场中级路线的顶端。铃音远眺山下，两眼放光。见我又在拍她，她用手掌挡住镜头，学着某个明星的样子说：

“麻烦先联系我的经纪公司。”

她的心情好像比刚才好些了。我的声音第一次出现在录像中。

“笑一个嘛。一加一等于几？”[①]

铃音一脸无语，回答：“三。”

说完，她就滑下去了。

看的次数太多，后面的情节都烂熟于心了。接下来出现在画面中的是滑雪场的蓝天。为了让女儿一睹父亲的“英姿”，我一手举着摄像机，一手操控雪杖追了上去。结果滑到一半，就摔了个

①发日语“二”的音时，嘴角会咧开，如同露出笑容。

四仰八叉。

远处传来铃音的笑声："真是的，你傻不傻啊。"

这是我给铃音拍的最后一段录像，这句话也成了铃音留下的最后一段声音。因为我摔伤了手指，没法继续拍了。

为了再听一遍那句话，我往回倒了一些，并稍稍调大了音量。为此，我才没留意到离沙发越来越近的脚步声。

直到啜泣声响起，我才发现美绘子也下来了。

我的背都僵住了，下意识地伸手去拿遥控器，仿佛自己在做什么亏心事，不小心被抓了个正着。

"没事，看吧，我正好也想看。"

美绘子捧着一大堆光碟，腋下还夹着铃音最喜欢的兔子玩偶。她带着哭腔继续说道：

"三个人一起看吧……"

话还没说完，她就哽咽了，怀里的光碟掉了一地。

美绘子趴在地上，一边擦拭眼角的泪水，一边捡光碟。她用哭得瑟瑟发抖的声音喃喃道：

"一月就不能快点过去吗……"

听到这话，我没有继续捡光碟，而是像哄孩子般轻抚她的后背。我甚至希望她也这样哄哄我。放在矮桌上的兔子玩偶用那双黑珠子做的眼睛凝视着我们。

"再这么下去……我们都会垮的……"

我的声音也带着哭腔。

美绘子还在捡光碟，保持四肢撑地的状态。冰凉的后背是如此消瘦，轮廓和铃音很像，母女俩都是溜肩。

我突发奇想："要不……咱们去参加成人礼吧？"

美绘子吸着鼻涕反问："去干什么？我才不要呢，我不想看到那种场面……"

"不是去看。"我也不想看到别人家的孩子盛装出席成人礼的模样。要是看了，心里一定会多出一团漆黑混沌的负面情绪。"不是去会场看，而是去'参加'成人礼。"

"啊？"

"就跟代考一样。"话匣子一开，就关不住了，也不知道这些话是从哪儿涌出来的，"你可以当铃音的替身，替她穿上振袖和服，去参加成人礼。"

美绘子直起身，跪在地上，伸手摸我的额头。

"你没烧糊涂吧？"

"当然没有。我也去，陪你一起去。"

"说什么傻话呢……"

"成人礼应该是可以随便进的吧，没有门票。"

"你当现在还是昭和年代啊，而且只有你老家那种乡下地方才不检票好不好！"

美绘子被我的提议吓懵了，都顾不上哭了。不懵才怪呢，我自己都吓了一跳。我在说什么？这并不是酝酿了很久的想法，就像有人在我看美绘子后背的时候推了我一把似的。

“我都四十五了！”

“放心。你绝对可以的。”

第二天，我傍晚六点多到了家。一进门，只见美绘子从洗脸台那儿探出头来。不知怎么了，她竟然穿着一件简易罩衣。中等长度的头发被分成了好几束，就像一片片花瓣。两只手都戴着薄薄的橡胶手套。仔细一看，原来那件简易罩衣其实是个开了洞的垃圾袋。我觉得奇怪，忙问：“你在干吗呀？”

“染头发啊，我想把头发弄黑点。”

“弄黑也要染啊？”

“废话。要是去美发厅，人家问我为什么染，我怎么说？人家劝我死了这条心怎么办？我只能自己弄了。”

“为什么要染黑？”

“我是在想，二十岁的铃音会把头发弄成什么样子……”

听到这儿，我才反应过来——原来美绘子把我昨天的提议当真了。我事后想了想，反而觉得这个主意不着边际，正想跟她说“算了，当我没说过吧”。

我们夫妻一直都是这样。异想天开的总是我，但关键时刻萌生退意的也是我。付诸实践的那个人永远是她。

选蜜月目的地的时候，我借着酒劲提议："咱们去看极光吧。"可是最后决定去芬兰的人是她。她还找到了自费项目里有"观赏极光"的旅游团，这样的团在当时可不多见。这样一来，我实在拉不下脸告诉她："其实……我受不了比滑雪场更冷的地方。"

自费项目只有两晚。旅行社的人告诉我们，能不能看到全凭运气。好在第二天晚上，我们如愿看到了极光，而且还是非常罕见的七彩的帘幕状极光。

顺便一提，我原本想给女儿起一个特别花哨的名字，写作"欧路丽"，念成"欧罗拉"[①]。但美绘子坚决反对，说这简直跟相扑选手的艺名一样，绝对不行。

"所以你就染黑了？可年轻人应该会染点颜色吧？"

"这你就不懂了，年轻人才喜欢黑发呢。"

"是吗？"

"长度嘛，这样就差不多了。"美绘子用手指弹了弹一束头发的发梢，"她跟我说过，'等进了高中，我就把头发留到跟妈妈的一样长'。问题是当天要怎么烫头发……"

"你也不用这么认真吧……"

"不认真怎么行。我怎么装都不可能像二十岁的小姑娘，至少得让自己看上去年轻点吧，免得穿上振袖和服被人笑话。"

---

①即为极光。

美绘子干劲十足。说不定她真的想把自己装扮成二十岁。

第二天，美绘子还是去了美发厅，因为她发现自己解决不了。发色变得漆黑自不必说，原本烫卷的头发居然变直了，也不知道美发厅的人用了什么法子。

“店员努力劝我别这么弄……”

不会啊，我觉得这个发型很好看。熟悉的妻子仿佛变成了另一个人。

家里又收到了成人礼的和服宣传册，这回是和服租赁公司寄来的。我们没有把它扔掉，而是摊开放在餐桌上，一页一页翻看，挑选美绘子——不对，是“铃音”要在活动当天穿的盛装。

美绘子自己也有振袖和服，收在衣橱的最深处。她本想穿这身，事到临头却改了主意。

“那都是多少年前的衣服了。新年第一天上班的时候，我就穿那身去了公司。和服这东西，一个时代有一个时代的款式。现在的小姑娘穿的和服，跟我们当年完全不一样了。”

她貌似做了不少功课。衣橱里那套振袖和服本来是留给铃音的，但美绘子表示，要是铃音还在，绝对会断然拒绝母亲的好意。也是，她怎么会甘心穿妈妈的旧衣服，我都能听见她抗议了——“真土。”

“那……你觉得这里面哪件最好看？”

“唔，看起来都像是挑剩下没人要的。”

美绘子说，最先寄来的那本宣传册和这次的宣传册，针对的都是事到临头才想起要准备的家庭。这年头，无论是家长还是参加成人礼的孩子都会早早开始筹备。好和服一眨眼就会被抢光，提前一年开抢再正常不过。失去了女儿的我们自然不了解这些情况。

宣传册上的和服五彩斑斓，看得我有些头晕。我的手指在各种颜色与图案中游走了一阵，然后停在一件印有菊花和牡丹的红和服上。

“这件呢？”

“不行不行，太花了。你别光想着铃音会穿什么，好歹也替我想想。别事不关己，高高挂起……”

啊？平心而论，这件衣服真不是照着铃音挑的，而是给美绘子选的。我一直觉得美绘子穿红色很好看。在二十二年前的婚宴上，她的第二件礼服也是红色的。

“我怎么事不关己了！”宣传册的最后一张双联页上有一些男款和服，大概是作为陪衬。我翻到那一页，用手指敲了敲其中最花哨的一套，意气用事地说：“我会穿这个陪你去的。”

“你没开玩笑吧？”

我指着鲜红的外褂配银色菱形花纹和服裙裤的套装。

“当然不是，我怎么能让你一个人出丑呢。”

"出丑？你也觉得我们是去出丑吗？"

我好不容易才鼓起勇气提议要跟美绘子一起去，可一旦把自己的脸安到年轻苗条的男模身上，我的心情就不由得沉重了起来。美绘子说道："穿上这个，看上去就像一个流氓去参加一场流氓成人礼似的……"

"哎，这个主意不错，就走这个路线好了。我也去把头发染了。"

美绘子斜眼瞪了我一下。

"你难道不觉得有意思吗？"

"哪有……"

最后，我们选了一件在那本宣传册中还算低调稳重的绿色振袖和服。绿色正好也是铃音最喜欢的颜色。美绘子说，她明天就去那家店跑一趟。

"啊，差点忘了最重要的事，振袖租来了要怎么穿？"

"你不是会穿吗？"她还在我面前炫耀过自己会穿和服呢。

"啊……我只是当年稍微学过一点而已，再说了，头发还得找人做呀。"

儿戏般的计划，原本只是为了增加夫妻间的交流。没想到不知不觉，事情竟然发展到骑虎难下的地步。

"只能跟'花神'老实交代了。"美绘子感叹道。

"花神"是她常去的那家美发厅。没人比我更熟悉她的叹息了，所以我能听出来——刚才的那声叹息不同于以往，藏着几分雀跃和兴奋。

盛装打扮的小姑娘出现在电视画面中。她穿着和服，蹦蹦跳跳，衣袖随风飘扬——美绘子在看电视剧，中间插播了这个广告。

“啊！”她轻轻喊了一声。

我正躺在地上，听到她的喊声，“嘿咻”一声爬了起来，把矮桌上的遥控器轻轻钩到手边。

“没事，就这么开着吧。”

美绘子回头说道。她的脸上白白的一片，只有眼睛、嘴唇和鼻孔没有被白色覆盖——她正在敷面膜。据说面膜下面还刷了一层所谓的“冻龄美女”专用的绿茶美肤泥。

在过去的一个月里，美绘子将无限的激情投入到美发嫩肤事业中。当然，一并投入的还有一笔可观的金钱。洗脸台摆上了阔别已久的护肤品。浴室里放着她专用的洗发水、护发素和香皂，我是绝对不准碰的。听说那块香皂叫“磨皮香皂”，可以去除角质，溶解皮肤的表层，重现当年的光彩。在我听来，这简直跟恐怖片没什么差别。

“你看到广告里那个姑娘的发型没有？”

“没。”男人看女人，总是先看脸和身材的。

“那个发型还挺雅致的，我这种大妈做也还凑合。你觉得呢？”

我该怎么回答才好呢。

“帮帮忙啦！”

“尽管说呗，佐清？”[①]

“帮我把那个广告录下来好不好？这个节目有两小时，肯定会再播那个广告的。我想参考一下那姑娘的发型。”

美绘子双手平摊在面前，强调“我没法录像”。

据说手背是最容易暴露年龄的部位，所以她这段时间每天晚上都要抹一层护手霜，再戴手套捂着。然而，她一边说自己没法用遥控器，一边却在用美体滚轮按摩上臂，说有紧致肌肤的功效。这样滚两下就能消除赘肉了吗？我对此持怀疑态度。设定好录像机后，我继续埋头锻炼身体。现在我每天都要做三组仰卧起坐，每组二十次。只是美绘子不以为然：“你光做仰卧起坐，肚子也不会瘪下去吧。”

为了穿上那件红色的印花褂子，我决定在成人礼之前减肥五公斤，腰围也要缩五厘米。

糟老头子一个，怎么可能真装成二十岁的小伙子。所以我决心扮演好“小丑”的角色，把投向美绘子的视线吸引到自己身上。

可我还是不甘心当小丑啊。

我在新年小长假的最后一天去了一趟美发厅。我以前从没去

①指横沟正史《犬神家族》中的人物犬神佐清，此人总是戴着白色的橡胶面具，就像正在敷面膜的美绘子。

过那家店，上一次进美发厅剪头发还得追溯到学生时代。踏入社会之后，我都是在理发店剃的，反正剪来剪去都一个样。这几年就更不用说了。我没有心思赶时髦，也懒得收拾自己，头发都是在最便宜的千元理发店剃的。

“您想怎么剪呀？”

顶着时髦发型的年轻美发师只瞥了一眼我的头发，便露出略显尴尬的表情，仿佛在说：“这头发没法打理。”我也没想好要怎么弄。来美发厅只是为了染个头发，履行对美绘子做出的承诺。

“呃……我就想染个颜色……”

可现在的我顶着最平凡的“上班族发型”，染了也没用。“稍微染一下，发型随便剪剪就好了。”我硬是把这句话吞了回去。

美绘子为即将到来的成人礼铆足了劲，仿佛我心血来潮的提议成了她的救命稻草。我怎么能退缩呢。

“麻烦您帮我染得显年轻一些，干脆染成金色好了。”

美发师惊呼：“啊！”他大概没想到我会提出这样的要求，浑身的工匠精神都被我点燃了。他快步取来了针对男顾客的发型图册，在我面前摊开。

“您想尝试哪种？”

“哪种都行，您有没有办法让我看上去像二十岁的人？”

他大概以为我在开玩笑呢，笑着回答：

“您就别难为我了，三十五可以吗？”

明天就要上班了。公司对着装没有严格的要求，但没有一个男员工是染了头发的。天知道同事们会怎么说。嗨，管他呢。无论他们说什么，我在公司都是个“没有出头之日的人”。

为了防止自己中途动摇，我决定闭上眼睛，睡上一觉。梦想着睁开眼的时候，我已经改头换面了。

即将坠入梦乡时，模糊的脑海中突然冒出一个念头：要不换份工作？

“要不咱们还是回去吧……”美绘子表情僵硬，轻声对我说道。

“啊？这都什么时候了，怕什么呀！”

就在刚才，我们上了电车。车厢里几乎没有空位，所以我们只能站在门边。

今天是一月十一日。我们的目的地是三站外的成人礼会场。美绘子穿着青绿色的振袖和服，我拽着那件红褂子的衣角。

“现在折回去还来得及……”

我们坐的这趟车是慢车。为了让快车先过，它在车站停了很久。美绘子想回站台上去，急得直跺脚，木屐“啪嗒啪嗒”直响。

其实我心里也有些退缩，因为车厢里到处都是盛装打扮的小姑娘和还没穿惯西装的小伙子。一看到“正品”，我们便痛感自己是不折不扣的“赝品”——我们不过是互舔伤口，沉溺于幻想无法自拔的假货。

美绘子今天一大早就去了提前预约好的美发厅，穿好振袖和服，做好头发才回来。她也说，一看到镜中那个“梳妆打扮好”的自己，就被硬生生拽回了现实。

“绝对不行！这副样子怎么见人啊！我明明让他们把发型做得朴素点的……”

美发师把她的黑色中长发束在后脖颈，接着将发髻绕到一侧。真不是我自夸，这个发型的确很适合美绘子。虽然她的发梢翘得厉害，跟蒲公英的绒毛似的，把我吓了一大跳。我们有五年没同房了（主要是美绘子的意思），但看到她如此美丽动人，我都有点想重过夫妻生活了。

“有吗？我觉得很好啊。”

我是没办法，可美绘子远远看过去还挺像模像样的。就算凑近看，说不定也有人觉得她还不到三十五吧。

“还有这头饰……我都说了不要花的，可他们说只有这样的……”

“那就摘了呗？”

“那可不行，头饰和发型是不可分割的。再奇怪的头饰也得插着，摘了反而会更奇怪。”

“这么麻烦啊……”

就在我们举棋不定的时候，发车铃响了，车门应声关闭。

“唉，会不会被人笑话啊……”美绘子叹道。

没事，别担心，已经有人在笑了。

只是她没发现而已。我看见她身后有一群年轻人，有男也有女，一边瞥她，一边偷笑。

“我觉得自己跟巡演剧团的演歌歌手似的。”

“那我就是没人捧场的谐星主持人喽。”

其实在这个车厢里，更引人注目的人应该是我。美绘子的“变身”是很成功的，远远望过去几乎看不出马脚。我就不一样了，根本没有变身的余地，无论从哪个角度看，都是个披着大红褂子，穿着银色裙裤套装的怪叔叔。为了今天，我减掉了三公斤，但这显然是白费功夫。

我摸了摸自己的头发。两侧的头发剃得特别短，只有头顶那一撮留得比较长，还用发蜡撑了起来。发蜡是美发厅推荐的，我毫不犹豫地买了。是不是抹太多了？摸着都戳手。

我现在的发色是所谓的“灰褐色”，本想染成金色，却被美发师劝止了。“您这个脸型，要是把头发剃短，再染上颜色，就比较‘那个’了。怎么说呢，呃，实在是很吓人……要是染成金色，就更可怕了……”

公司的下属和平级的同事看到我的新造型都冷嘲热讽，年纪比我小的上司不敢看我，莫非他也被吓到了？我决定做个实验。用力皱起眉头，眯起眼睛，冷不防把头转向那群偷偷笑话我的年轻人。果然，无声的嘲笑戛然而止。

“到站了。下吧。”

“咱们还是回去吧……别丢人现眼了……”

也许是因为身上穿着和服的关系，美绘子的口气多了几分古装剧的味道。

“不，按原计划来，照常进行。”

我也开始模仿起古装剧中人物的讲话方式，抓住美绘子的手臂，把她的手从门旁的扶手上掰开。

如果现在回去，又要过充满叹息与悔恨的日子了。我决定在今天为这样的生活画上句号。

这不是为了铃音，而是为了我们自己。这么多年来，我们心中悲伤的指针一直徘徊在同一个位置，必须找个机会打破这种状态。

我和美绘子非常需要这场成人礼。

成人礼的会场是本地的市民文化中心。从车站到会场的这段路走得分外煎熬，简直像游街示众的罪犯，前后左右都是盛装打扮的年轻人。我们俩就像混在一群白天鹅里的渡渡鸟[1]。

“老公，大家是不是都在笑话我们呀……”

美绘子不敢抬头，步履沉重，像死刑犯迈步走向有无数人围

①一种已经灭绝、仅生活于印度洋毛里求斯岛上的不会飞的鸟。

观的刑场。

“别太把自己当回事。你以为人家在看你，其实根本没把你放在心上。”

好多人在铃音的葬礼上掉了眼泪。亲戚就不用说了，铃音的朋友、同学、邻居，还有我和美绘子的朋友们都哭了。

可现在呢？五年过去了，大家都把铃音忘得一干二净，继续过着自己的日子。也难怪啊，外人终究是外人。难以忘怀的，只有我和美绘子。

她走在我身边，一身诡异的少女装扮，但我觉得这样的她很美。她是人世间唯一能与我分担同一种悲伤的人。我抓住这位四十五岁“少女”的手臂，说道：

“管他呢，别把其他人当镜子照就行了。”

文化中心门口人头攒动，放眼望去全是正在等人的年轻人。美绘子愈发羞怯，不过他们貌似都忙着聊天、玩手机、欣赏自己的装扮。话虽如此，难免还是会有人注意到我们。而他们的反应无非三种：惊讶、无语、嘲笑。

我们用力拨开人群，朝会场入口走去。被我们推开的人心情颇为不悦，引发了无数毫不留情的闲言碎语。

“那两个人在干吗，玩行为艺术吗？”

“那明显是个大叔，要不就是得了什么罕见的毛病。”

“是脑子有问题吧？”

“可能只是那个姑娘长得比较显老？”

“再显老也不能老成那样啊！”

美绘子把脸埋在毛茸茸的白披肩里，试图屏蔽外面的言论。即便如此，还是有一些零碎的词飘进了她的耳朵。

“啊，有人在说我……”

“嗯，他们说‘那姑娘有成熟女人的风韵，特别美’。”

美绘子的语气跟铃音的一样无奈：

“你傻不傻啊！”

入场签到处就设在正对着门口的地方，一进门就能看到。

我本想快步走过去，却不小心和其中一位工作人员眼神交错。这一看，就看出问题了。

“哎——不好意思，家长不能入场的。”

签到处的工作人员身材偏瘦，穿着崭新的西装，估计是从这些刚成年的孩子中募集的志愿者。我挺起鲜红色的胸膛回答：

“我不是家长，要参加仪式的就是我本人。”

工作人员的视线顿时飘忽不定起来。那表情仿佛在说：糟了，碰上疯子了！我试图硬闯，却被另一位男工作人员挡住了。这是个人高马大的年轻人，壮得几乎要把身上的西装撑破。

“您有邀请函吗？”

一听这口气，就知道这位的社会经验比瘦子丰富得多。我把手插进和服的胸口处，又甩了甩褂子的袖管给他看，说：

“啊，忘带了。”

但壮汉貌似无意陪我演这场戏。

“非常抱歉，没有邀请函是不能入场的。”

“不会吧，刚才那几个女生不是也没带吗？”

就在这边纠缠不清的时候，几个女孩子当着我们的面签完到进去了。其中一个娇滴滴地说了句：“哎呀，人家忘带了。”那瘦子就笑眯眯地放了人。

壮汉应该已经工作了，不是学生。一本正经的口气能让人想象出他从事的是比较严肃的工作。

“只要能确认住址就没问题。”

“住址？我写给你呗。”

我完全变成了另一个人。铃音还在天上看着呢，不能让她看到父亲软弱的模样。在我心里，此时此刻的我就是铃音的守护者，是个年轻气盛、顶着一头棕发、穿着红褂子的傻小子。

“请回吧！”

美绘子依然把脸埋在毛绒披肩里，向我投来惊慌的眼神。也许她的言外之意是：“怎么跟之前说好的不一样啊。”

突然，背后传来一声惊呼：

“咦，那不是铃音的——”

来到我们身后的是三个女孩，分别穿着不同颜色的和服。其中有个穿着紫色振袖的姑娘，瞠目结舌地看着我们。美绘子仿佛见到了救星一般，喊道：

“啊……郁美！”

郁美，我记得这个名字。她是铃音上初中时交的朋友，当年经常来我们家玩。但我记忆中的“郁美”是个肥嘟嘟的留着蘑菇头的小姑娘。而眼前这个年满二十的郁美苗条了不少，一头橘色的卷发扎在头顶，朝四面八方炸开，睫毛弄得跟牙刷一样。“铃音一定会留黑色直发”也许只是父母美好的幻想。

“你们怎么穿成这样了？”

“说来话长——”

我们决定暂时撤离签到处。

“原来你们是替铃音来的……对不起，我都没想起铃音……你们怎么不早点来找我们商量呢。”

郁美的外形变化很大，但心地善良这一点好像没变。美绘子还没解释几句，她便啜泣起来。

“等我一下。”

说着，郁美拿起智能手机，用飞快的速度发起了短信，或许是在用 Line 发信息吧。她留着长长的指甲，天知道她的打字速度怎么能这么快。发完信息后，她又打了几通电话。

没过多久，就有人陆陆续续从会场各处赶来，他们都是郁美的朋友。在典礼快开始的时候，我们被十多个人围了起来。

郁美把所有人的邀请函集中起来，叠成一摞，往签到处的桌子上一放。

“邀请函我放这儿了啊。我们一共是十三个人，有三个忘带了，所以总共是十张。”

在围着我们的那群人里，有个男孩貌似认识壮汉。

“这样总没问题了吧，山下警官？”

谁知道壮汉是不是真的警察，也许“山下警官”只是个绰号。不过看表情，他好像还不太服气。但是不等他开口，包围着我和美绘子的小伙伴们就开始往会场里走了，边走边向山下警官敬礼，并招呼道：“我们走啦。”

我也学着他们的样子说：“我们走啦。”

成人礼就像当年一样无聊，我本来也没抱什么期望。到场的年轻人压根儿没听市长的致辞和嘉宾的贺词。交头接耳的声音汇聚成一阵阵轰鸣，在会场内一遍遍回响。曾当过校长的教育局长上台致辞的时候，台下甚至爆发出嘘声。也难怪，三十年前的我，也跟他们一样年少轻狂。

台上的大叔们跟我差不多大，但今天的我竟能虚心听完他们说的每一句话。美绘子的表情也分外认真。嗯，因为今天来参加成人礼的不是我们，而是铃音。先不管铃音有没有长成一个会乖乖听嘉宾发言的好孩子。

“你看见刚才回头那人没有？怎么看都是个大妈。”

坐在我们斜后方的人压低声音说道。

“大妈来这种地方干吗？精神失常了吗？”

他们说的是被嘘声引得回过头的美绘子。这下可好，她又蜷起身子了。我马上扭头看过去。

说闲话的是两个穿着花哨褂子的男生。一见到我这个比美绘子还诡异的“小伙子”，他们的下巴都快掉下来了。

“有本事再说一遍？”

我的心吓得直打战，但还是鼓足勇气做了个非常凶悍的表情，还狠狠瞪了他们一眼。吓得他们立刻把视线移到了别处。

美绘子拽着我的袖子说：“别闹了。”

可是在我听来，她就是在火上浇油，言外之意是：给我使劲凶他们！

典礼结束后，我们跟着人群走向出口。我已经完全不在乎那些来自周围的视线了。美绘子好像也一样。眼看着队伍里的人越来越多，后面的人开始往前挤，她竟用双手挽住了我的手臂。

我们都多少年没挽过手了？这五年就不用说了，从铃音会走路开始，美绘子就很少挽我，最多在摇晃的车厢里拉一下。

“好开心呀……只是觉得有点对不起铃音。”

美绘子的声音里透着一股兴奋劲儿。

“我也是。你放心，铃音不会有意见的。看到我们在笑，她才会觉得开心。”

铃音才两三岁的时候，我们因为一些鸡毛蒜皮的小事大吵了一架，隔着餐桌冷战，不发一言。铃音原本在客厅看绘本。见状，她撂下书本，走到我面前，仰头看着我的脸，用还不清楚的口齿问道：“一加一等于几？”

然后，她又走到美绘子跟前，问了同一个问题。

“一加一等于几？”

给别人拍照的时候，我一般不会让人家说“cheese”，而是问“一加一等于几”。年幼的铃音记住了这句话，认为那就是变出笑容的咒语。

郁美在会场的前庭朝我们招手。

“铃音爸爸、铃音妈妈……铃音……过来拍照吧。”

穿着桃色振袖的姑娘摊开手上的纸。

“对不起，我们不该忘了铃音的。”

A3 纸上印着和真人尺寸一样的铃音的头像。

据说她们翻出了五年前用手机拍的照片，去便利店打印出来，又扩印成了 A3 尺寸。

照片中的铃音笑得很开心。虽然照片有点模糊，但我一点都不介意。进入青春期后，她就开始躲避我的相机了，只能在别人的镜头中找到她的倩影。

我在抹眼泪，美绘子则放声大哭。我们站在十多个年轻人里，对着镜头摆剪刀手。

“铃音妈妈真是冻龄美女，看起来真的像二十岁呢。”

被举着智能手机的郁美一夸，美绘子边哭边笑，还做了个特别有大妈味儿的动作，抬起一只手，像招财猫那样挥了挥。

我掏出特意带来拍美绘子——“美绘子版铃音”的相机，说道：“再用我这个相机拍一张吧。”

美绘子把铃音的照片举在脸的旁边，大家纷纷走到她周围。

举起相机一看，我便意识到郁美刚才的夸奖是夸大其词的。在真正的二十岁青年男女的环绕下，美绘子的年龄就藏不住了，看着不免让人心疼。

年轻人的皮肤都是富有光泽的。女孩就不用说了，连男孩的脸都在阳光下闪闪发光。而美绘子的脸只能吸收光亮。

没关系。这才是成熟女性的魅力。我暗下决心，要在这个冬天结束前跟美绘子去滑一趟雪。要不干脆去加拿大，顺便看个极光吧。

我偷偷给美绘子和铃音拍了张特写，然后切换到远景模式。

取景框里的一张张脸都变得像豆子一样小。这样一来，美绘子的年纪就不那么明显了。她本就跟铃音长得很像，镜头这么一拉，就真的变成了铃音。

我把镜头对准十五岁的铃音、二十岁的铃音、铃音的朋友们和美绘子，朝着隆冬一月的阴冷天空放声喊道：

“一加一等于几？”

我听见有人抗议：“咦，不说‘cheese’吗？”但我没有理睬，又重复了一遍：

“一加一等于几？”

然后，我在心中替铃音回答了这个问题。二十岁的她一定会这么回应父亲的镜头：

“三。”

图书在版编目（CIP）数据

海边理发店 / （日）荻原浩著 ；曹逸冰译 . -- 海口 ：南海出版公司，2019.3
ISBN 978-7-5442-9276-4

Ⅰ . ①海… Ⅱ . ①荻… ②曹… Ⅲ . ①短篇小说－小说集－日本－现代 Ⅳ . ① I313.45

中国版本图书馆 CIP 数据核字（2018）第 067298 号

著作权合同登记号　图字：30-2018-022

海边理发店
〔日〕荻原浩 著
曹逸冰 译

出　　版　南海出版公司　（0898）66568511
　　　　　海口市海秀中路 51 号星华大厦五楼　　邮编 570206
发　　行　新经典发行有限公司
　　　　　电话（010）68423599　　邮箱 editor@readinglife.com
经　　销　新华书店

责任编辑　刘恩凡　翟明明
特邀编辑　褚方叶
装帧设计　韩　笑
内文制作　田晓波

印　　刷　河北鹏润印刷有限公司
开　　本　850 毫米 ×1168 毫米　1/32
印　　张　7.25
字　　数　140 千
版　　次　2019 年 3 月第 1 版
印　　次　2019 年 3 月第 1 次印刷
书　　号　ISBN 978-7-5442-9276-4
定　　价　49.00 元